清川あさみ
最果タヒ

千年後の百人一首

Sennengo no Hyakunin Isshu　キヨカワアサミ＋サイハテタヒ　リトルモア

あき《秋》のた《田》の　かりほのいほ《庵》の　とま《苫》をあらみ
わがころもで《衣手》は　つゆ《露》にぬれて

1

トノ

Tenji Tennō

1

いま、わたしの頭上を夜が越えていく、
実りをはじめた稲をまもるため、
田んぼのそばに立てた仮小屋でわたしは毎夜、朝をまつ。
屋根も粗く編んだものだから、ぽたぽたと露が、
やむこともなくおちつづけ、
夜が染み込む、わたしのそばに、息づいている、
ぴたりぴたり、袖は常に、夜の気配に濡れている。

はる《春》す《過》ぎて なつ《夏》き《来》にけらし しろたへ《白妙》の
ころも《衣》ほ《干》すてふ あま《天》のかぐやま《香具山》

2

ヒメ

Jitō Tennō

時の流れというものを私は見たことがないのだけれど、
川の流れのように光を反射させながら、透明のなにかが
今も目のまえで立ち去っていくように思う。きらめく、
光の粒を季節として、人はつかまえ、大切にした。

いつのまにか、あそこに見える香具山に、すべてを吸い
尽くしそうな、呼吸の音さえ聞こえそうな、まみどりの
山肌に、白い布が干されていました。しゃん、しゃん、
しゃん、と誰かの手のひらが、掲げられては下げられて、
指先から雫がとびちっている、そんな気配を感じていた。
夏が、来ていたんですね。空の青が、生きかえる季節、
緑や白の階段をおりて、地上の影すら溶かす季節だ。

3

あしひきの やまどり《山鳥》のを《尾》の しだりを《尾》の
ながながし よ《夜》を ひとりかもね《寝》む

トノ

Kakinomoto no Hitomaro

頭上の果てから夜の糸が、雨のように降りてきていた。木々にねむる山鳥の、垂れ下がった長い尾が、地面に触れて砂を転がす、風を描きながら砂つぶは転がり、私の眠るまつげにふれた、瞼が閉じて生まれた線は、頬につながる、耳の模様につながっていく、私の体の輪郭は地表の一部でしかなかった。ひとり、眠れば、この地にいる命のすべてと混ざり合って、星として、息をする。秋の夜が、肺の奥に渦を描いて眠っている。

4

たご《田子》のうら《浦》に うちいで《出》てみ《見》れば しろたへ《白妙》の
ふじ《富士》のたかね《高嶺》に ゆき《雪》はふ《降》りつつ

Yamabe no Akahito

4

ごらん、
田子の浦の浜辺にでれば、
見上げるそこに富士山だ。
ごらん、
きみの瞳のなかの、その白い高嶺に、
今も、雪が降っている。

5

おくやま《奥山》に　もみぢ《紅葉》ふみ《踏》わけ《分》　なく《鳴》しか《鹿》の
こゑ《声》きく《聞》とき《時》ぞ　あき《秋》はかな《悲》しき

トノ

Sarumaru Dayū

5

道を、塞ぎ、塞ぎ、
誰も近づかない奥の奥の山のなか、
赤が、秋が、散っていく、
私の中でも、なにかが終わる、
季節、空が生き急ぐように模様を変えた。

赤を踏み抜いた、秋を踏み抜いた、歩く鹿の鳴き声だけが、
私のところに届くのです。
秋、どうして私を置き去りに、
しようと後ろ姿を見せるのですか。
秋、とりわけ悲しい季節。
遠のいていく気配が私の外側に、満ちている、落葉、落葉。

かささぎの わた《渡》せるはし《橋》に おく《置》しも《霜》の
しろ《白》きをみ《見》れば よ《夜》ぞふけ《更》にける

6

トノ

Chūnagon Yakamochi

天の川のせせらぎを聞きながら暮らすふたりは、手を伸ばしても届かない、声を投げても届かない、暗闇のなか、向こう岸にいる相手の光を探して、目を凝らしている。あしもとには、さあさあと流れる星の川がうごめいて、美しく、美しいまま想い人の光を、かき消していた。

私たちを包む宇宙の暗闇を、照らしながら横断する光の川ですら、あのふたりを引き裂いていた。あれから、カササギたちが黒と白の翼を重ね、光の川に橋を渡したはずだけれど、いま、その橋には霜が降りているんだろうか。地上から見た天の川には、星と星と星のはざまにも小さな星、小さな星、そのはざまにもまた白い光がふわふわと漂い流れて、翼の黒を見つけることができやしない。どこを渡るというのだろう。光が夜に刃向かうように研ぎ澄まされ、黒を打ち消していく、そんな、夜の最深部に私は迷い込んでいた。

あま《天》のはら《原》 ふりさけみ《見》れば かすが《春日》なる
みかさ《三笠》のやま《山》に いで《出》しつき《月》かも

7

トノ

Abe no Nakamaro

船から、目を凝らしても、海と空と月がみえるだけ。
それが永遠に続くような予感が私にはあるのです。
これまで渡ってきた海をたぐり寄せれば、
故郷の春日にだってたどり着くのだとわかっています。
それでも私には帰れないような、
世界が切り離されてしまったような、静けさが、
ぽたりぽたりと落ちてくる。
あの月はほんとうに、春日の三笠山からでていたあの月なのですか。

わがいほ《庵》は みやこ《都》のたつみ《辰巳》 しかぞすむ《住》
よ《世》をうぢやま《山》と ひと《人》はいふなり

8

ボウズ

Kisen Hōshi

うじうじしているから宇治山に暮らしているわけじゃないのですよ、
うじうじしているから宇治茶を飲んでいるわけじゃないのですよ、
シカしかいないけれどシカはかわいい、
シカしか話し相手がいないのかと言いますけれど、
話が通じないのはシカもヒトもおんなじです。
住めばみやこということがみやこの人にはわからない、
みやこの東南、宇治山で私は楽しく暮らしています。

9

はな《花》のいろ《色》は うつ《移》りにけりな いたづらに
わがみ《身》よ《世》にふる ながめせしまに

ヒメ

Ono no Komachi

桜色だったはずなのに、花びらにぴたぴたと透明の雨が
落ちてははじいて次第に色あせていくのを見つめている
わたしの瞳。わたしの体にも、聞こえないほどの小さな
はじく音が繰りかえし鳴りひびいている。楽器のようだ、
わたしは、時の流れにさらされて色あせていく、桜色を
失って、灰色の曇り空のようになる。

考えていました、たくさんのことを。
何色でもない透明のことを。
体を通り過ぎていくだけの透明なことを、
考えては空へと帰し、そうして私は、年を取っていた。

10

これやこの いく《行》もかへる《帰》も わかれ《別》ては
しる《知》もしら《知》ぬも あふさか《逢坂》のせき《関》

セミマル

Semimaru

知らぬ人、知らぬ人、知らぬ人、さようなら、さようなら、こんにちは、こんにちは、私の瞳を見てくれた、忘れてくれた、さようなら、こんにちは、あの人の顔を忘れてしまった、こんにちは、知らぬ人、知らぬ人、知らぬ人のまんなかに、立ち尽くしている知らぬ人、それが、それが私。私のことを私は、生きるためにすこしずつ忘れていきながら、すれちがう人々の瞳の中にその欠片を、託していく。日々、溶ける手前の雪のように、預けていく。知らぬ人、知らぬ人、忘れても、いいから。目があう、すれちがう、それでもまた忘れていく、さようなら、私の過去が、私の体でおわらずに、だれかの瞳を通過して消えていくならきっと、なかったことにはならないはずだ。ここは、逢坂の関。結晶になど、触感になど、なれないけれど、私の体温は、あなたの体温は、そこにある、ありましたよ、さようなら。

11

わたのはら《原》 やそしま《八十島》かけて こぎ《漕》いで《出》ぬと
ひと《人》にはつげ《告》よ あま《海人》のつりぶね《釣舟》

トノ

Sangi Takamura

星や太陽や月を沈めても、
なに食わぬ顔をする、海がここに広がっている、
無数の波がうちよせて、無数の島がこの先にある、
近づく釣り舟はいつか必ず離れていく、遠のいていく、
さようなら、さようなら。
行こう、私はどこまでも行ける、
そう、旅立っていったと、あの人には伝えておくれ、
あの浜へ、帰っていく釣り舟よ、私から、離れていく釣り舟よ。

12

あま《天》つかぜ《風》 くも《雲》のかよひぢ《路》 ふき《吹》とぢ《閉》よ
をとめ《乙女》のすがた《姿》 しばしとどめむ

ボウズ

Sōjō Henjō

舞うとあなたの指先が、またたく光につながり、溶けるよ。
揺れては立ち去るあなたの瞳が、影に触れてはきらめいている。
わたしを包むように、立ち尽くしている巨大な世界が、
あなたの息と共鳴をして、今、連れ去られようとしていた。

あなたが、この世界のすべて。
舞うひとびと、あなたの皮膚が世界の輪郭、
きっとこの時間が終われば、あなたは空へと帰っていくのだ、
おおきな星を抱きしめるため、
その無限そのものの体で、空の果てへと行くのだろう。
わたしは、だから祈っています、
あなたがのぼる雲の階段が、少しのあいだ、風で途切れることだけを。

つくばね《筑波嶺》の みね《峯》よりおつる《落》 みなのがは《川》
こひ《恋》ぞつもりて《積》 ふち《淵》となりぬる

13

トノ

Yōzei In

筑波山の嶺は空に近く、高く、もはや、空なのか陸なのかわからないよ。
そこからこぼれていく雫が確実に、下へと落ちていくのを見つめていた。
雫が、きみを探している。きみを探すぼくの、愛情がこの雫だと、ぼくは
伝える。きみは夜に横を向いて眠る、その耳につながっていくことを願っ
て、きみの海へと流れていくことを願って、愛していく、雫が集い、川を
作るよ、そこをながれていく花びらもある、夜は星の光をまといながら、
そのすべてを沖のきみへ、伝えたいと願っている。
ぼくの川、ぼくの体内であふれそうになりながら、涙を時にこぼしながら、
それでもきみだけを見ていた、きみの耳たぶへと水滴が手を伸ばし、それ
でも、届かないとしても、流れはさらに深く、大きくなっていくだけだ。

いま、すべてを、反射するしずかな水面を、磨き上げて抱えています。
いま、ここは恋の淵。
そのほとりで、ぼくはあなたを待っている。

14

みちのく《陸奥》の　しのぶもぢずり　たれ《誰》ゆゑに
みだれ《乱》そめにし　われならなくに

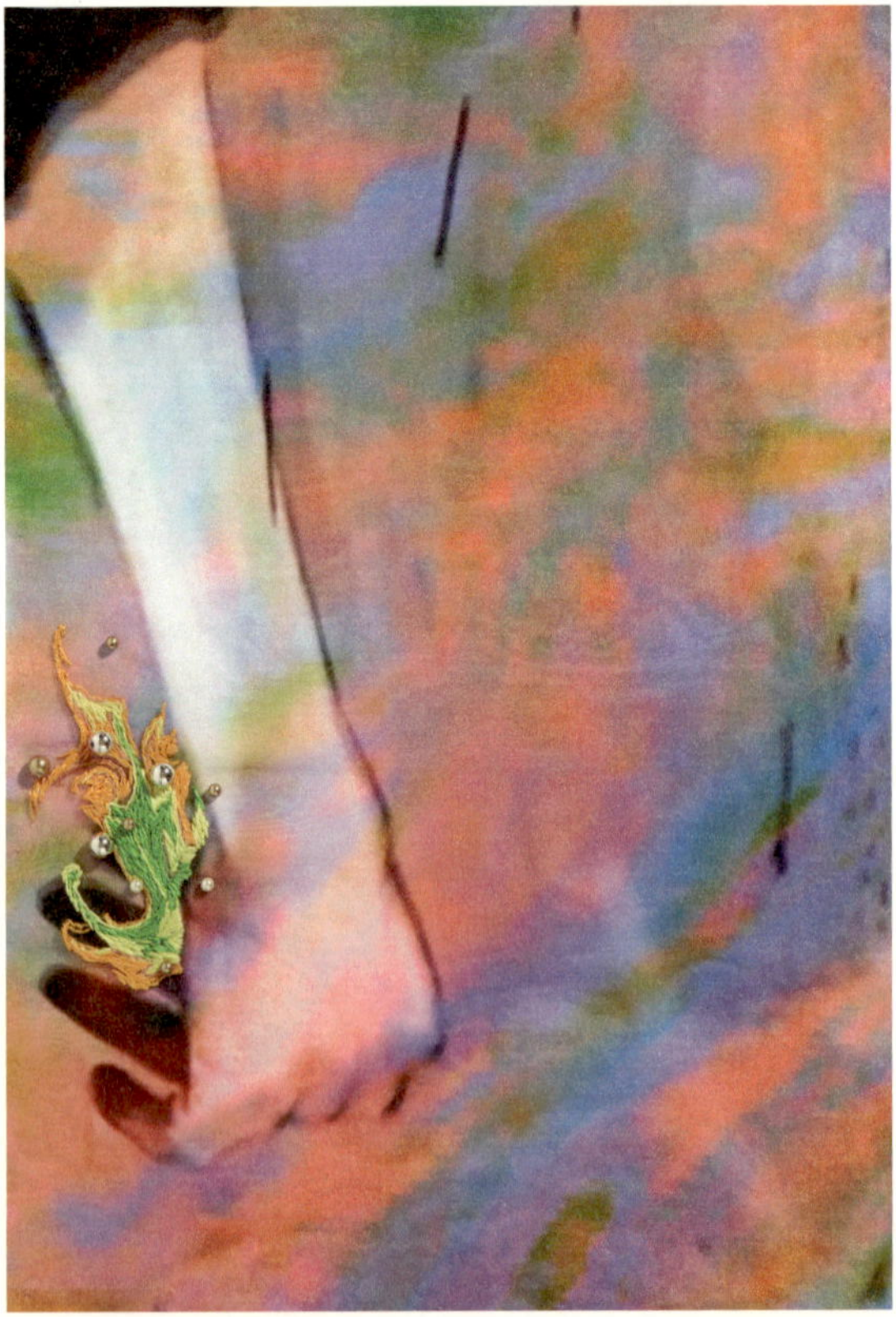

トノ

Kawara no Sadaijin

しのぶ恋は、きみの引力に飲まれるようにしていつも、
肌から外へ、陽の光に晒されそうになっている。
ひきさかれながら、ぼくはぼくの心を強く抑えて、息をひそめる。
荒ぶる指の痕跡が瞳の底に、染み付いてしまっているのです。
しのぶ草で絹を岩におしつけ、染めればいつも乱れ模様。
こんな心模様にしたのは、ぼくではない、きみでしかない。
岩のようにゴツゴツとした感触が、手のひらに残ってはいませんか。

15

きみ《君》がため はるのの《春野》にいで《出》て わかな《若菜》つむ《摘》
わがころもで《衣手》に ゆき《雪》はふり《降》つつ

トノ

Kōkō Tennō

春は、壁にも肌にも大地にも透き通るように染み込んで、
私とあなたの魂を、すこしだけ同じリズムで揺らす。
野原にいます、私は、ここにいないあなたのために新芽をつむ、
ちょうど今、雪が袖のところに降りてきたところです。

心臓の音のふりをして、ことりと、何かが割れて消えていった。
あなたが、遠くで冬も終わりかとつぶやいた、その瞬間かもしれません。
私の手のひらにつみたての、まぶしい緑が横たわっていた。

16

たち《立》わか《別》れ　いなばのやま《山》の　みね《峯》におふ《生》る
まつとしき《聞》かば　いま《今》かへ《帰》りこ《来》む

トノ

Chūnagon Yukihira

松の針のような葉が、いくつも重なり、
永遠の籠を作るように生い茂るのが因幡の山だ。
さようなら、わたしはその山のある因幡国へと旅立ちます。
それでも、あなたのその指先と、瞳のまつげが松のように、
わたしを忘れず待っていてくれたなら、
わたしは、時空を裏切ってでも必ず帰ってまいります。

17

ちはやぶる　かみよ《神代》もき《聞》かず　たつたがは《龍田川》
からくれなゐ《紅》に　みづ《水》くくるとは

トノ

Ariwara no Narihira Ason

大昔、私でもあなたでもあの人でもなく、
神の指先が世界のすべてをかき乱したころ、
星は落ちてきたかもしれない、桜で空が埋まったかもしれない、
燃えながら降る雪もあったのかもしれないけれど、
川の流れが、水を、紅葉でくくり染めしていくなんて、
そのころにもきっとなかったはずですよ。
染まれ染まれと流れていますね、唐紅の龍田川。

すみ《住》の《》え《江》の　きし《岸》によるなみ《波》　よるさへや
ゆめ《夢》のかよ《通》ひぢ《路》　ひとめ《人目》よくらむ

18

トノ

Fujiwara no Toshiyuki Ason

住之江の海岸に、波が打ち寄せる、打ち寄せる、
つづいていく、音、音、
夜さえもあなたは、夢の中でさえも、
どうして、あなたは、人目を避けて、
私のところに来てくれないのか。

夢で、逢うための道、
歩んでいく、歩んでいく、
どこまでもあなたの影はない、
夜さえも、夢さえも。波の音、音、音。

19

なにはがた《難波潟》 みじか《短》きあし《葦》の ふしのま《間》も
あ《逢》はでこのよ《世》を すぐ《過》してよとや

ヒメ

Ise

難波潟の広がる海を前にして、
かぼそく生えゆく葦の節と節の、このわずかな隙間ほどの時間も、
あなたは私にくれないのだと、わかってしまう。わかってしまった。
それでもあなたはこれからも、私に、生きていけと言うのですか。

20

わび《侘》ぬれば いま《今》はたおなじ なには《難波》なる
みをつくしても あは《逢》むとぞ おも《思》ふ

トノ

Motoyoshi Shinnō

愛しています。
私はあなたを愛しています。
すべてが知られ、糾弾されて、嫌悪にさらされながら、
私は息もできないような苦しさの中、溺れ死ぬような心地でいます。

難波にある澪標は、今も波に打たれ続けて、
砕けて流され沈んでいくまで、
いつまでもそこにありつづけるという。
私は、あなたに会いたいのです。
砕けていくことがなんだというのだ、
流され沈んでいくのがなんだというのだ、
死んでしまうことがなんだというのだ、
私はあなたを愛しているんだ。

いま《今》こ《来》むと いひしばかりに ながつき《長月》の
ありあけ《有明》のつき《月》を ま《待》ちいで《出》つるかな

21

ボウズ

Sosei Hōshi

すぐに会いに行きますと、きみは言ったのに結局来ないし、夜は終わるし、知っていますか、夜はかならず終わるのですよ、たとえ秋の夜長でも、深く深く沈んでも、かならず浮いて、朝に肌はさらされる、知っていますか、約束は、やぶるたびにあなたの言葉を、軽くて、あわい砂つぶに変えてしまうのですよ、この深い底には沈んでもこない、聞こえても、届くことのない言葉に変わっていくのです、それなのに信じたわたしは、西へとひきずられていく夜のぶあつい毛布から、こぼれて残った月を見ていた、あの月は、軽いのだろうか重いのだろうか、わたしの体は、軽いのだろうか重いのだろうか。

22

ふく《吹》からに　あき《秋》の　くさき《草木》の　しをるれば
むべ　やまかぜ《山風》を　あらし《嵐》といふらむ

トノ

Fun-ya no Yasuhide

荒らしていくから、嵐なんだね。
壊れていく、ちぎれていく、しおれていく、割れていく、
しんでいく、枯れていく、ひび割れていくものたちが、秋の山風をかたどっていた。
瓦礫色、透明、瓦礫色、透明。秋は、実りの季節です、実りの、破壊の季節です。

23

つき《月》み《見》れば ちぢ《千々》にものこそ かな《悲》しけれ
わがみ《身》ひとつの あき《秋》にはあらねど

トノ

Ōe no Chisato

月がぼくを見つけてしまった。
夜だと、その時ぼくは気づく。
光がまっすぐに、ぼくの半径1メートルを照らしていた。
ここから他は見えないけれど、夜に沈んで、すべてを塞がれた町があるのだろう。
世界中の植物がぼくの周りに集結して、光を求める。
ひょろひょろと伸びる茎がかわいそうだ。
それが、ぼくの悲しみそのものだということを思い出すほどにかわいそう。
冬の気配を注ぎ込む口のように、月がこちらを向いていた。
それでもぼくのものではないと、秋は言う。ぼく以外、誰の吐息も聞こえないのに。

このたびは ぬさ《幣》もとりあへず たむけやま《手向山》
もみぢ《紅葉》のにしき《錦》 かみ《神》のまにまに

24

トノ

Kan Ke

かみさまかみさま、この旅をどうか見守っていてください。
あなたの瞳に触れますように、いろとりどりの紙吹雪を風にのせ、
この山をうつくしく仕立てあげ、あなたに捧げたい今日でしたが、
山にはすでに錦のような、紅葉による織物が、すべてをくるんでいたのです。
かみさまかみさま、このたびはこの錦を纏った手向山を、
あなたに捧げたく思います。

25

なに《名》しおは《負》ば あふさかやま《逢坂山》の さねかづら
ひと《人》にしら《知》れで く《来》るよしもがな

トノ

Sanjō no Udaijin

ぼくときみだけの世界を窓の隣に、作ることはできないのか。
真紅の実がぼくの「会いたい」という声を吸って、吸って、
いつか破裂をするだろう。
その瞬間、すべてが反転した宇宙が生まれる、としたら、
きみは来てくれるかな。ぼくらだけが入ることのできる、真っ赤な宇宙。

逢坂山で取れたさねかずらの赤い実は、
ぼくらの赤い糸をまるめてできているということを、ぼくだけが、知っている。
ぼくの高熱をすべて捧げればその蔓で、誰にも知られずにきみのところまで、
たどり着けるのかもしれません。

26

をぐらやま《小倉山》 みね《峰》のもみぢば《葉》 こころ《心》あらば
いま《今》ひとたびの みゆきまた《待》なむ

トノ

Teishin Kō

終わることが美しさ、消えることが美しさ、
死んでしまうことが美しさ、さようならが美しさ、
散ってしまうことが美しさ、もみじ、もみじの赤は一瞬の色、
この秋にとっても、この小倉山にとっても、きっと私の生涯にとっても。

それでもどうか散らないでくれ。
これから来る我が子のために、時を止めてはくれないか。

みかのはら《原》 わきてながるる《流》 いづみがは《泉川》
いつみ《見》きとてか こひし《恋》かるらむ

27

トノ

Chūnagon Kanesuke

みかの原、ここに流れる泉川はいつから、この地を分断しているのだろう。
あなたにいつお会いしたのか、もうわからなくなってしまいました。
生まれたあの日、私は一つの草原を手に入れたように、
力強くその中心を踏みしめていた。
けれど、いつからか、
あなたの草原が私の片割れのように、眼前に現れているのです。
あなたの声すら聞いたことはない、
この川を、越える許しをどうかください。

やまざと《山里》は ふゆ《冬》ぞさび《寂》しさ まさりける
ひとめ《人目》も くさ《草》も かれぬとおも《思》へば

28

トノ

Minamoto no Muneyuki Ason

葉が落ちて、透きとおったようなこの山の天井は、日の光をいくらでも、落としていくのに朝も、昼も、夜のように冷えてばかりだ。ただぼくに会うことを、あなたは遠出だと言いました。だれも訪れないこんな日に、草木が枯れて土へと変わる、こんな季節に、部屋も、村も、整頓がゆきとどいたようにさびしかった。

冬が暮らすためにあけられた、空洞こそがこの村です。それを美しいと思ってしまった。ぼくの、白い息が、まつげのそばでちぎれて消える。しずかに冬に見つからないよう、体の底で暮らしています。

29

こゝろ《心》あてに を《折》らばやを《折》らむ はつしも《初霜》の
お《置》きまどはせる しらぎく《白菊》のは《花》な

トノ

Ōshikōchi no Mitsune

初霜の中に咲く白菊か、
白菊の中に降りた初霜か、
砕いた光の欠片のように重なり、重なり、冬が、もうすぐ。
あてずっぽうで手折ってみようか。
秋の光もどちらの白か、わからず戸惑っている。
指先で、白を摘んで確かめてみよう。

ありあけ《有明》の つれなくみ《見》えし わかれ《別》より
あかつき《暁》ばかり う《憂》きものはなし

30

トノ

Mibu no Tadamine

終わらないでくれと願った夜も、必ず明ける。
あの日は空に月だけが残り、
朝焼けがしんしんと、私ときみの間に滲んでいった。
さようならと時報のようにきみが告げた、
あの瞬間の空も月も冷えも、私の体に染み付いているよ。
夜明けより、つらい時間は私にはない。
きみがそうしたんだ、あの月の、残る空が今も見えるよ。

31

あさぼらけ《朝》 ありあけ《有明》のつき《月》と み《見》るまでに
よしの《吉野》さと《里》に ふ《降》れるしらゆき《白雪》

トノ

Sakanoue no Korenori

外から、光の気配がして、朝だろうかと体を起こした、光は、ほうほうとゆれていて、夜明けに残った月の光だろうかとカーテンに触れた、さらさらと光が流れていく、月が、桜のように散っているのだろうかと、カーテンを開けた、吉野の里に、しろ、しろ、しろと、雪が降りつづいていた。

32

やまがは《山川》に かぜ《風》のかけたる しがらみは
ながれ《流》もあへぬ もみぢ《紅葉》なりけり

Harumichi no Tsuraki

トノ

散れ散れと、川の流れより早く、枝葉の中を風が飛ぶ飛ぶ。
「紅葉を川へと散らして、ぼくが流れをせき止めよう。
透きとおる体ですりぬけて、紅いしがらみを作ってしまおう。
鎮まる水面に映る秋空、青をふちどる無数の紅葉、ぼくが描ける唯一の絵画。」

33

ひさかた《久方》の ひかり《光》のどけき はる《春》のひ《日》に
しづこころ《静心》なく はな《花》のち《散》るらむ

トノ

Ki no Tomonori

風よりも露よりもゆっくりと、
ひかりが雲から落ちてきていた。
こんな日に、
どうして桜の花は拍手のように、
ぱらぱら急いで散ってしまうの。

34

たれ《誰》をかも しる《知》ひと《人》にせむ たかさご《高砂》の
まつ《松》もむかし《昔》の とも《友》ならなくに

トノ

Fujiwara no Okikaze

張りつめていた糸の先を手放して、みんな、ここから去ってしまった。
高砂の老いた松の木と私が、陽の光のなか、立ち尽くしている。
一人になったと言えばそうだろう。孤独と言えばそうだろう。
懐かしく思えるものなどもうこの松の姿ぐらいだけれど、
友と呼ぶのはおかしいだろう。
風だけが永遠につづく。
私たちはもうすこし、ここで生きていくようです。

35

ひと《人》はいさ　こゝろ《心》もし《知》らず　ふるさとは

はな《花》ぞむかし《昔》の　か《香》にゝほひける

トノ

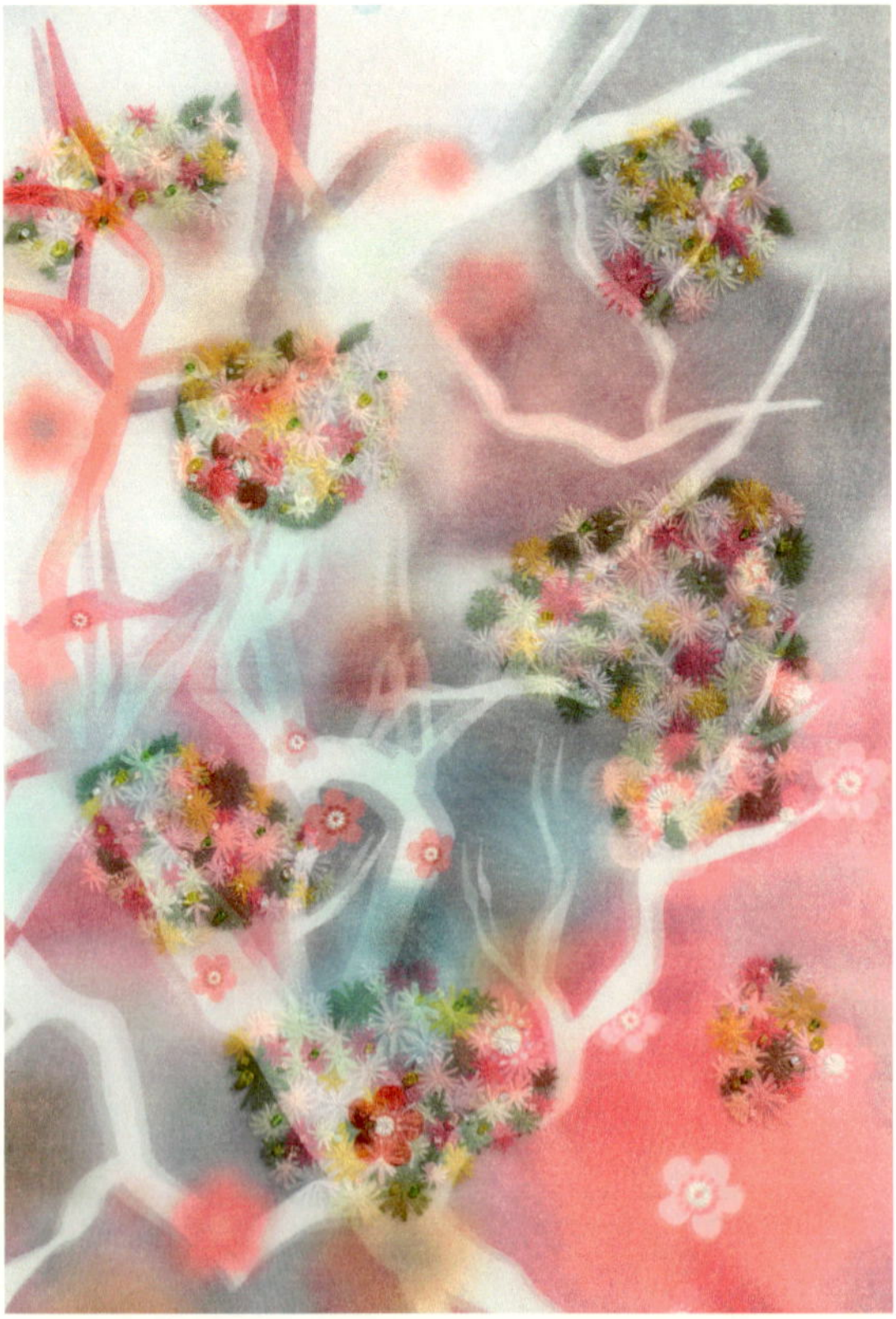

Ki no Tsurayuki

梅の香りはいつも、一瞬のふりをして、私の耳元を撫でていく。
それを手繰るようにして花を見つけるのは毎年のこと。体は、
春を繰り返している。きみはかならず、そこにいますね。忘れ
ても消えないでいる花の、途切れることのない細い、匂いの糸。

あなたが今、私のことをどう思っているのか、そんなことは知
りません。途切れていくのはいつも人の底にあるもので、都す
ら、この奈良からはなくなった。あなたがほしい確かなものは
春の中、梅の中、匂いの中。

いつも、光の中、知らぬ間に、
まばたきで関係性をちぎる私たちだったね。

36

なつ《夏》のよ《夜》は まだよひ《宵》ながら あけ《明》ぬるを
くも《雲》のいづくに つき《月》やど《宿》るらむ

トノ

Kiyohara no Fukayabu

あっというまに、夏の夜は明けてしまうね。
月の姿を確かめる暇もない、今、見上げても見当たらない。
けれど月もまた西に、隠れる暇すらなかっただろう。
朝に焼けていくあの雲の群れ、
どの雲に、月は宿を取ったのだろう。

37

しらつゆ《白露》に　かぜ《風》のふ《吹》きしく　あき《秋》の《野》は
つらぬきとめぬ　たま《玉》ぞち《散》りける

トノ

Funya no Asayasu

真珠のネックレスが、
切れてしまったみたいだった、
光を貯めた白露が、
風に吹かれて葉からこぼれる、る、る、る、る、る、秋です、秋の野原です。

38

わす《忘》らるる　み《身》をばおも《思》はず　ちか《誓》ひてし
ひと《人》のいのち《命》の　をし《惜》くもあるかな

ヒメ

Ukon

永遠を誓うと言いましたよね。
あなたが私を忘れていく、
未来すべてが消え失せていくように、透き通っていく私の身体。
私は、それを惜しみはしません。
ただ、あなたの命が惜しい。
神に、誓いましたよね、命をかけて永遠に、私を愛しつづけると。

あさぢふの《浅茅生》 をの《小野》の しのはら《篠原》 しのぶれど
あまりてなどか ひと《人》の こひ《恋》しき

39

トノ

Sangi Hitoshi

ゆれる。
ゆればそよそよと、鳴る。
この篠と茅が生い茂る野原のようにぼくの恋も、鳴ってしまえばいいのに。
うまく口を閉ざすこと、
ぼくの胸に手を当てて、この心臓の中だけに恋を埋めてしまうこと、
できるけれど、できたけれど、この胸のうちにも風が吹けばいいと、
ぼくはどこかで待っているのです。

40

しのぶれど いろ《色》にいで《出》にけり わがこひ《恋》は
ものやおもふ《思》と ひと《人》のとふ《問》まで

トノ

Taira no Kanemori

私の微笑み、恋の色、
私の会釈は恋の色、私のため息、
恋の色、私の瞳、恋の色、
あなた恋をしているでしょうと言われるほどに、、
私の沈黙、私のすがた、すべてが今は恋の色。

41

こひ《恋》すてふ わがな《名》はまだき た《立》ちにけり
ひと《人》し《知》れずこそ おも《思》ひそめしか

トノ

Mibu no Tadami

恋をしましたと言葉にすら、できないほどの、恋の入り口。
そこで、立ち尽くしている私のことを、噂する人々の声。
「恋をしているね」と細い針が、流星群のように流れていた。
割れてしまった水風船だ、
私は私の気持ちすら、もう抱きしめることができないでいる。

42

ちぎり《契》きな かたみにそで《袖》を しぼりつつ
すゑ《末》のまつやま《松山》 なみ《浪》こ《越》さじとは

トノ

Kiyohara no Motosuke

約束をしたね。
あの日、涙に濡れたおたがいの袖をかたくしぼって、約束をしたね。
私たちの足元には大きな涙の海が生まれ、
私たちはその海に浮かぶ二隻の船だった。
朝の光も、夕の光も、夏も、冬も、
私たちは海の水面に反射する、その波の模様で見分けていた。
たとえ体が二つでも、私たちはひとつの、海の上にいる、
一人きりの体ではこの海の上に出ることすらできなかった。
すべてが、同じだとは言わない、
それでも私たちには永遠があると、
波が、決して、あの末の松山を越えてはいかないように、
私たちには永遠があると、
私は、私だけは信じていました。

43

あひ《逢》み《見》ての のちのこゝろ《心》に くらぶれば
むかし《昔》はものを おも《思》はざりけり

トノ

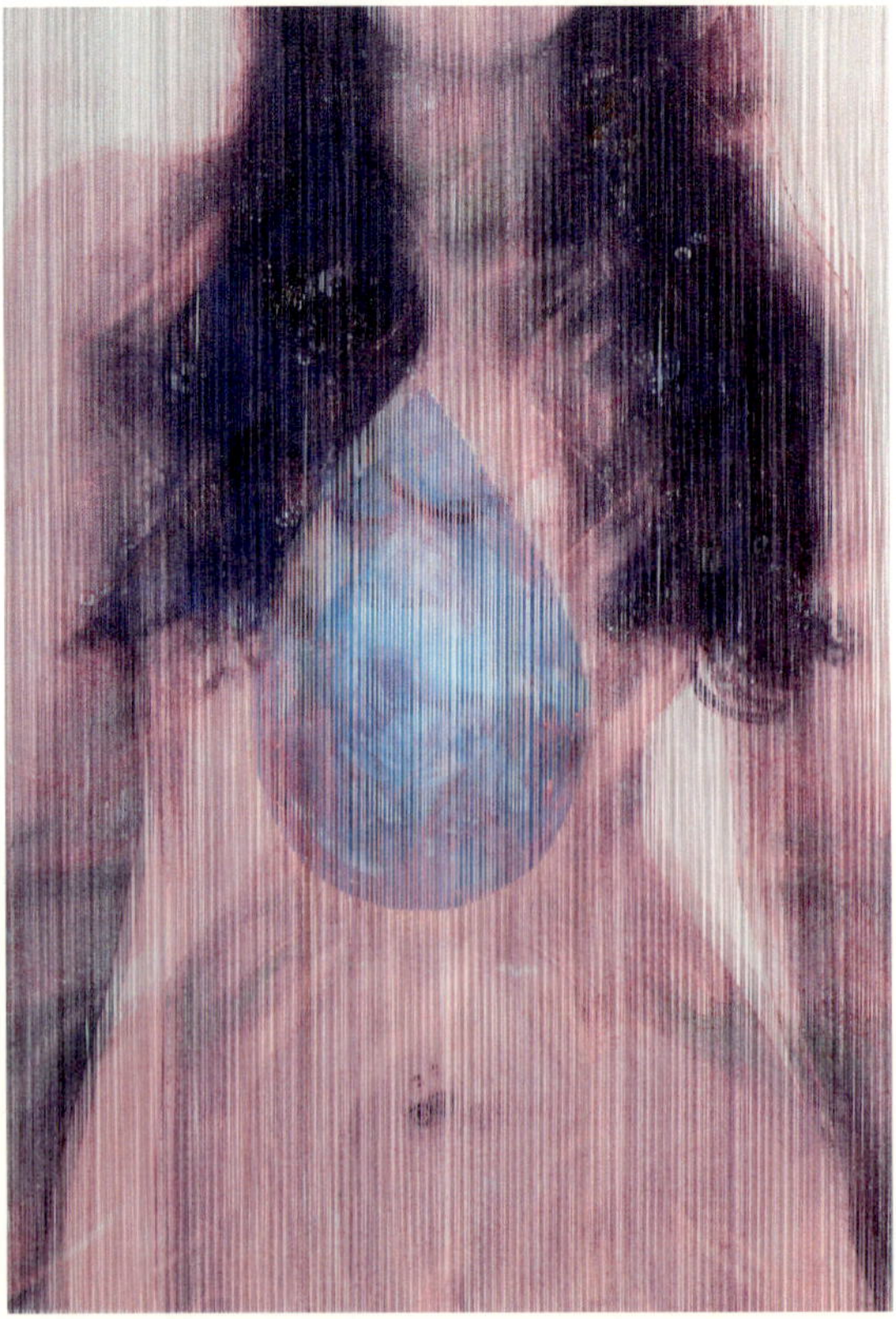

Gonchūnagon Atsutada

すべての感情が矢のように、きみに向かって放たれて、
ぼくのすべてはきみのものになってしまったと信じていたんだ。
なにもかもを捧げたその手の隙間から、
やっときみの姿が見えたとき、きみの白い頬、それだけで、
ぼくのそれまでの愛は、すべては押し流されていた。
かさぶたのように底が外れて、言い尽くせない感情が、濁流となっていく。
ぼくに、こんなにも、深い泉があったのですね。

44

あふ《逢》ことの たえ《絶》てしなくは なかなかに
ひと《人》をもみ《身》をも うら《恨》みざらまし

トノ

Chūnagon Asatada

きみなど消えてしまえと願うこともできずに、
燃やし尽くされながらぼくは水辺ばかりを探し、
この炎が愛だったことをわすれてしまいそうになるのです。
あなたが、幸せなことはいい、
ただぼくの目の前からは消えてくれないか。
きみの姿を見るだけで、千切れて燃える心があるんだ。
感情すべてがただの痛みとなる前に、
どうかぼくの前から消えてくれ。

45

あはれとも いふべきひと《人》は おも《思》ほえで
み《身》のいたづらに なりぬべきかな

トノ

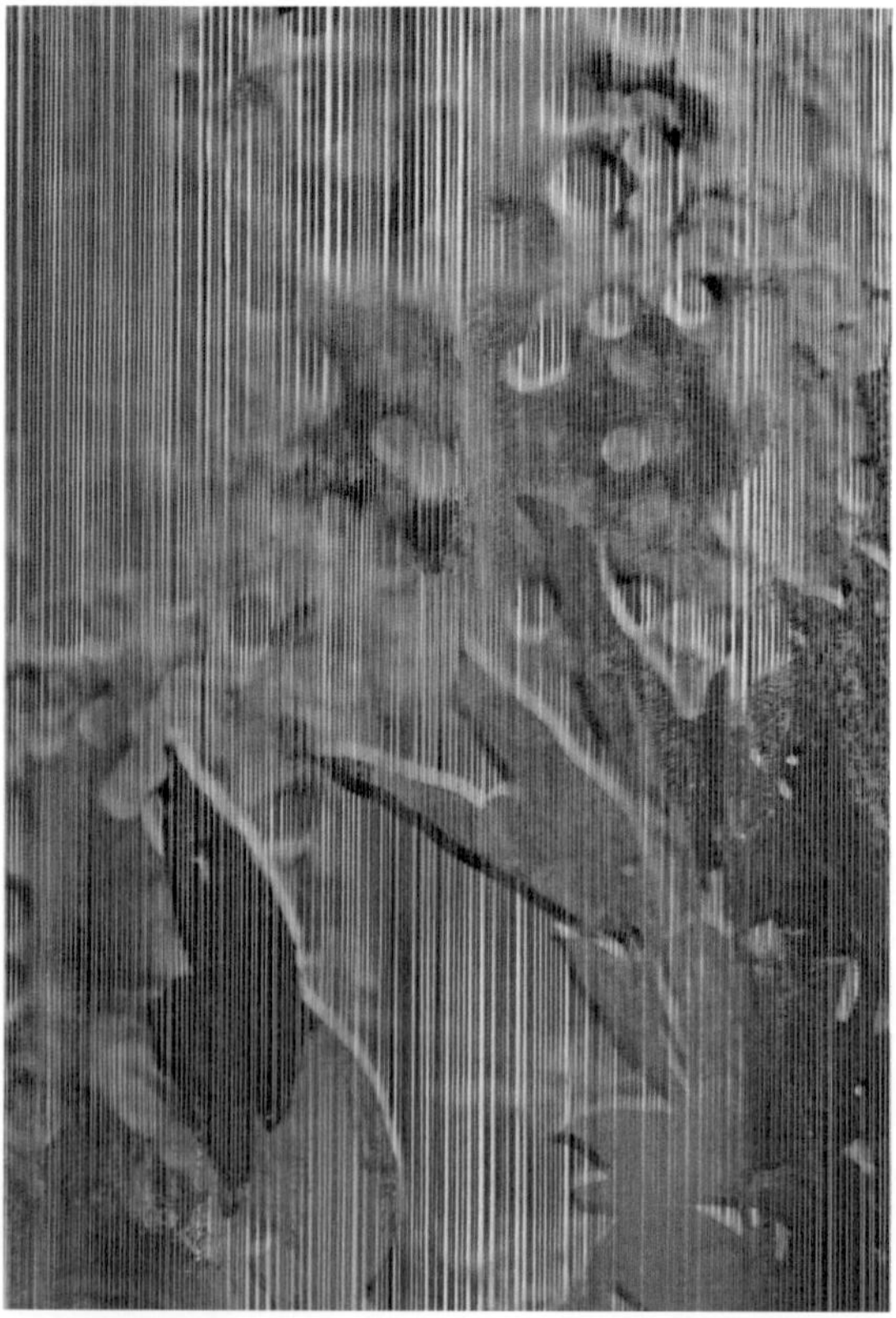

Kentoku Kō

だれの瞳にも映ることのないひとは、
本当に生まれてきていたのか、その人にもきっとわからない。
だれもわたしのことをかわいそうだと思わないなら、
わたしの心は本当に、ここにあるのか、
わたしにも永遠にわかりやしない。
港から切り離された船が、風に揺られ、沖へと流されていく。
わたしはあなたのことを思いながら、むなしく、
無人の船のようにひとり死んでいくのだろう。
さくりさくりと切り分けられていくように、ただ命が減っていく。

46

ゆら《由良》のと《門》を わたる《渡》ふなびと《舟人》 かぢをたえ《絶》
ゆくへもしら《知》ぬ こひ《恋》のみち《道》かな

トノ

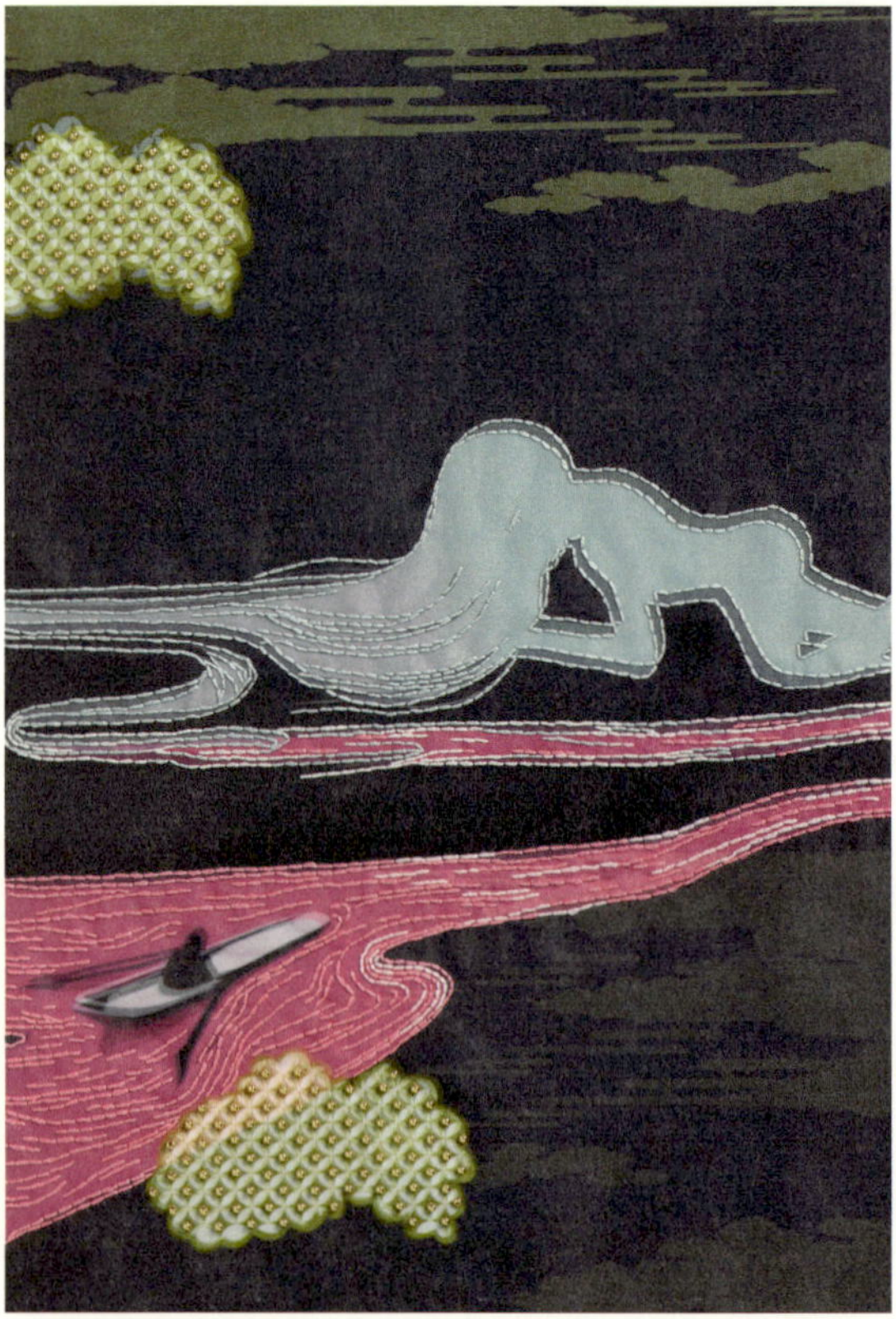

Sone no Yoshitada

連れ去られる、絡みとる、
走り抜ける、引き戻される、
彷徨う、彷徨う、名前を呼ぶ、海の上、
波のかたちをしたあなたの吐息が、あなたの視線が、あなたの香りが、
私の小さな舟をゆらして、北も南も東も西も見失う。
由良の海峡のように激しい流れのなか、舟をこぐ櫂すら失って、
あなたという大きな星の、肌の上で私は漂っていた。
触れることなどできるのだろうか、
そう考えることすら虚しくなるんだ、
まっくろな、頭上の空を見つめている。

やへ《八重》むぐら　しげれるやど《宿》の　さびしきに
ひと《人》こそみ《見》えね　あき《秋》はき《来》にけり

47

ボウズ

Egyō Hōshi

過ぎていった時間がともに絡まっていくように、
つる草が幾重にも重なり、わが家を覆う。
記憶といえるものが、息をしながら別のものへと変わっていき、
思い出すものが本当に、過去にあったものなのか、
それすらわからなくなっていた。
最後に聞いた声は、誰のものだったのか、
最後にここにきた人は、いったい誰だったのか。
それでも、秋だけはくるんだ。
枯れていく草木の匂いが、しのびこんで、両耳を包む。

かぜ《風》をいたみ いは《岩》うつなみ《波》の おのれのみ
くだけてものを おも《思》ふころかな

48

トノ

Minamoto no Shigeyuki

雫、また、繋がって、波となるのね、海になるのね。
風にあおられて、岩を打つ波、
くだかれてもまた、海に戻るから、太陽の光を喜んで浴びている。
あなた、私はあなたにくだかれる波。
海、だったのかもしれない、昔は、波だったのかもしれない、
散り散りになったまま、涙のように私の心、
すべてがぽつぽつと落ちていく、
このまま、乾いて消えていく。
このまま私は終わっていく。
遠くから、海のにおいがした、波の音が聞こえていた。

みかきもり《御垣守》 ゑじ《衛士》のたくひ《火》の よる《夜》はもえ《燃》
ひる《昼》はきえ《消》つつ ものをこそおも《思》へ

49

トノ

Ōnakatomi no Yoshinobu Ason

夜は、空にあった火がおりてきて、
宮廷の門を守るために、じんじんと闇を照らしています。
燃えるほどに愛しいという、思いだけに照らされて、
あなただけを見ている夜は、
私にとってはどんな朝より、昼より、あかるい。
朝になればあの火は消える。
昼になれば見晴らしのよい晴れのなか、
あなたへの思いを抱え、私はうずくまるように闇を見る。

きみ《君》がため を《惜》しからざりし いのち《命》さへ
ながくもがなと おも《思》ひけるかな

50

トノ

Fujiwara no Yoshitaka

星は、眩しいけれど、闇の向こう岸にしかない。
だから光る花があればいいのに。
きみのところにたどりつけない、まぶたを覆うように重なる夜、
ぼくは、きみが呼ぶのを待っていた、
暗闇に鼻先をつけて、
光る花があればいいのに、
光る葉が、光る石があればいいのにと願っていた。
大きな、穴の上を歩いているような不安が、ぼくを染める。
少しだけ幽霊になったつもりでいなくては、進むこともできなかった。
きみに、会えるなら、死んでしまってもいいと誓うことは、
だから当たり前のことなんだよ。

きみがぼくの瞳を見つめたそのとき、やぶれるように朝がきていた。
今朝、きみの家から帰る途中、道は花は草は石は、すべて照らされ輝いていた。

まぶしさのなかで長く、長く生きたいと、
願うのは、当たり前のことなんだと、光のすべてが教えてくれた。

かくとだに えやはいぶきの さしもぐさ《草》
さしもしら《知》じな もゆる《燃》おもひ《思》を

51

トノ

Fujiwara no Sanekata Ason

伊吹山に生えた、よもぎの香りが、今、空高く、飛んでいく。
全身を透かすようにして、しずかな青さが過ぎていくとき、
私は、私のなかに燃える、赤い一点の感情に、研ぎ澄まされていくのです。

言葉を尽くしても、言葉は燃えてはいかなかった、
あなたの体を焦がしてみたいと、
じりじりと赤色が今も私の喉でゆらいでいます。
どんな歌を贈っても、歌は燃えない、私の指も息も燃えない、
私を、焼き切るこの愛しさを、あなたはまだ、知らずにいる。

52

あけ《明》ぬれば　くるる《暮》ものとは　し《知》りながら
なほうら《恨》めしき　あさ《朝》ぼらけかな

トノ

Fujiwara no Michinobu Ason

わたしたちの声だけが響くような、しずかで深い夜の底に、
ひとしずく、光が落ちて滲んでいく。
朝がくるんだ、見上げた先に、木々の影が、塀の白さが浮きあがる。
わたしたちを引き合わすのも、引き裂くのも、
どちらも時の流れなんだね。
それなら時を、わたしは恨もう。
すべての夜はもう、明けなくったってよかったんだ。

53

なげ《嘆》きて ひとりね《寝》るよ《夜》の あ《明》くるま《間》は
いかにひさ《久》しき ものとかはし《知》る

ヒメ

Udaishō Michitsuna no Haha

あなたが来ないならばせめて朝が来てほしいと願いながら、
せめて、という言葉に心の底がやぶれていった。
果てがない苦しみを、嘆くことの虚しさは、きっとあなたにはわからない。
せめて朝が来てほしかった。
夜空の、果てのない暗さをみると、
すべてが止まった氷の中にうずくまっているようで。

54

わすれ《忘》じの ゆくすゑ《末》までは かたければ
けふ《今日》をかぎり《限》の いのち《命》ともがな

ヒメ

Gidōsanshi no Haha

あなたは、永遠を知らない。
わたしも、永遠など知らない。
いつか死んでしまう私たちは、一瞬のためにその言葉を選んでは、
深い緑の時間の重さに、追われ、塗りつぶされていた。
「きみを永遠に忘れない」
きょう、あなたが告げたから、きょう、私は死んでしまいたい。
そうすれば、この火のようなよろこびを、私はずっと抱えていける。
未来が、すべてを掻き消していくから、私は、時より速く消える霜に変わりたい。

滝音絶久
たきのおとは たえてひさしく なりぬれど
名流聞
なこそながれて なほきこえけれ

55

トノ

Dainagon Kintō

透明のおちる音、透明にすべる光、
透明の粒子がはじけるたび、冷えていくもの、
私たちは知らない、すべてが透明のなかに沈められ、刹那のふりをしていること。

枯れてしまった滝から聞こえていた水音を、あなたは思い出すことができますか、
私たちが生まれるよりずっと昔にひびいていた、その音を、
思い出すことができますか。
日の光を浴びていればある日、ちいさな小指でふれたように、
あなたの内側でずっと反響し続けるちいさな、透明の音にきづく。
水が枯れてしまって久しくても、
うつくしかったというそのことだけが聞こえてくる、
ここは永遠の底。

56

あらざらむ このよ《世》のほかの おもひで《思出》に
いま《今》ひとたびの あふ《逢》こともがな

ヒメ

Izumi Shikibu

ひとつずつ体の細胞が、雪に変わっていくようです。ほう、とその輪郭はぼやけて、ああ蛍の光なのかもしれないと思うころ、灰のようにぽろぽろと崩れては消えていく。死ぬ、ということを、細胞のすべてが感じながら、私は、最後の数日を、たましいを乗せた笹の葉のように、おそれながらも、抗わず、ふらふらと漂っています。もう、戻りたいとは思わない、流れに身を任せたい、ただこの先を照らすため、瞳の奥にあなたの熱を焼きつけて、消えてゆきたい。私と、今すぐ、会ってください。

57

めぐりあひ《逢》て　み《見》しやそれとも　わかぬま《間》に
くも《雲》がくれにし　よは《夜半》のつき《月》かな

ヒメ

Murasaki Shikibu

きみへ、久しぶりだと右手を伸ばし、
その前を、分厚い雲が、横切っていく。
夜空よりも黒く沈んだ雲の影が、
光をのみほすように、きみを隠した。
あっという間だ、きみは、本当に月だったのか、
わからなくなるほど、わたしには夜が染みている。
あれは、本当にあの子だったのか、
わからなくなるほどに、
あの子はあっという間に、帰ってしまった。

ありまやま《有馬山》 ゐなの《猪名》ささはら《笹原》 かぜ《風》ふ《吹》けば
いでそよひと《人》を わす《忘》れやはする

58

ヒメ

Daini no Sanmi

そうね、本当にそうね、
「きみはまだぼくを好きでいてくれるかな」と、
久しぶりに連絡をくれたきみが言う。
そうね、本当にそうね、
「きみはまだ私を好きでいてくれるかな」と、
私はずっと不安だった。
久しぶりに連絡をくれたきみが、不安ですと私に言う。
そうね、本当にそうね、
いま、有馬山の猪名の草原で、笹の葉っぱがゆれて鳴る。
それなら、私の不安はなんだったのか。
そうね、本当にそうね、と草が鳴く。

59

やすらはで ね《寝》なましものを さよ《夜》ふけ《更》て
かたぶく《傾》までの つき《月》を み《見》しかな

ヒメ

Akazome Emon

夜の指がゆっくりと、今日いちにちの封をしていく。
きっともう、私のまぶたが最後です。
あなたが来ないとわかっていたらもうとっくに閉じていました。
あなたの瞳が灯りに照らされ、こちらへ向かっていると想像をして、
気づけば、二つだけが見開かれ、居残っていた夜の底。
見上げると、西へと傾く月がいる。

60

おほえやま《大江山》 いくの《野》みち《道》の とほ《遠》けれは
まだふみ《見》もみず あま《天》のはしだて《橋立》

ヒメ

Koshikibu no Naishi

お母さんは遠い人、
大江山を越えても、いくら歩いても、
たどりつかない天橋立のその向こう側におられます、
血は繋がっている、この体もあの人が産んでくれたもの、
けれど決して崩れることのない尊敬と感謝の向こう側にあの人はいる。
母のようにすばらしい歌がよめるならば誇らしかった、
母が詠んだ歌ではないかと疑われるのは誇らしかった、
私が触れることはできない、あの人の内側にある深い歌のこころの海も、
私のなかに流れ込んでいる、波の音が聞こえる、
海底では、熱い泡の言葉がのぼる、
お母さんから文などきません、その必要はありません、
私が私の歌を詠めば、肉体は響く、海はうねり、近づいていく。
あなたたちの疑いの目は、それを証明する灯台なのです。

61

いにしへの なら《奈良》のみやこ《都》の やへさくら《八重桜》
けふここのへ《九重》に にほひぬるかな

ヒメ

Ise no Taifu

みやこが立ち去ったあとも、奈良には八重桜が咲いています。
華やかな十二単も宮殿も、もう奈良にはないけれど、
それで朽ち果てる美しさなどきっとどこにもないのでしょう。
そんな桜がいま、この京のみやこにやってきて、
宮殿すらも花びらの一片であるかのように纏いながら、
そのまま凛と咲いています。
美しさはどれほど重なり合っても、澄み切っていられるものなのですね。

62

よ《夜》をこめて とり《鳥》のそらね《空音》は はかるとも
よにあふさか《逢坂》の せき《関》はゆるさじ

ヒメ

Sei Shōnagon

じりじりと、朝が近づいてくるその匂いをかぎながら、
待てないあなたがにわとりの鳴き真似。
もう朝だよと私を騙そうとする。
孟嘗君の逸話では、
同じ方法で函谷関の門番を騙すことができたそうですね。
けれど私に会うための、逢坂の関は騙されませんよ。

ほんとうの朝の最初は、
庭にまで落ちてきていた夜空の黒が湯気のようにゆっくり昇っていくのです。
あなたと会うのはそれを、見届けてから。
夜の尻尾を見届けてから。

63

いま《今》はただ おもひ《思》たえ《絶》なむ とばかりを
ひと《人》づてならで いふよしもがな

トノ

Sakyō no Daibu Michimasa

すべての人の手のひらが、遮るようにぼくらの間にわりこみ、海も山も空も、ぼくらを引き裂くように目の前に横たわっている。透明の光が無限のカーテンのようにぼくとあなたの間でゆらめき、会えないということが、未来の果てまでそこにあるのだと感じている。冬の匂いがする、ぼくとあなたをつなげていた糸が、切れてしまったことがわかる。恋の終わりは雪のようにあなたのみる景色にも、きっと降っていることでしょう。それでもあなたをあきらめますと、この言葉だけは直接、ぼくはあなたに伝えたかった。

あさ《朝》ぼらけ うぢ《宇治》のかはぎり《川霧》 たえだえに
あらはれわたる せぜ《瀬々》のあじろぎ《網代木》

64

トノ

Gonchūnagon Sadayori

夜の両端が北と南にひっぱられたみたいに、目の前で、暗闇が裂けていく。まるで最初からそこで待っていたかのように白い光が、満ちて、その向こうにある宇治川がみえた。夜の切れ端にまきこまれたのか、川の霧もちぎれていく、晴れていくよ、なにもかもが止まったように網代の、複数の杭が、川の浅瀬で整列していた。

65

うらみ《恨》わび ほさぬそで《袖》だに あるものを
こひ《恋》にくち《朽》なむ な《名》こそをし《惜》けれ

ヒメ

Sagami

恋で朽ちるのが私の名前。
あなたが呼ぶことをやめた私の名前、
暇つぶしの誰かの噂に弄ばれる私の名前、
ときどき雨上がりの足跡にどろによごれて落ちているのを見かけます、
はかれて焼かれる落ち葉に混ざり破れているのを見かけます。
恨み続けられるならまだよかった、涙で袖が台無しになるのはもう慣れました。
風に吹かれるだけで崩れて塵となる、
過去にあなたが口ずさんだ私の名前、
もう拾い集めることも、抱き寄せることもできなくなった。

もろともに あはれとおもへ《思》 やまざくら《山桜》
はな《花》よりほかに し《知》るひと《人》もなし

66

ボウズ

Daisōjō Gyōson

私はおまえを孤独と言わない。
一つの幹からいくつの枝が、いくつの花が咲いているのか。
私の体からいくつの道が、いくつの心が流れているのか。

ここまで、一人で来たよ、山桜、
おまえは一人でいたね、山奥に。
孤独と、私はおまえに言わない、
何百もの花をまとったおまえがどうして孤独と言えるのか、
私の影にもそう尋ねてはくれないだろうか。
おまえなら、私の花を数えることもできるだろう。

67

はる《春》のよ《夜》の ゆめ《夢》ばかりなる たまくら《手枕》に
かひなくたた《立》む な《名》こそをし《惜》けれ

ヒメ

Suō no Naishi

散っていく桜の花びらが回転をして、
一瞬だけ裏側が見えるように、
春の夜にみる夢も一瞬で終わってしまいますね。
そんな一瞬の戯れに、あなたが差し出した腕を借りて私が眠れば、
それはきっとだれかの好奇心で、
長くこの春に住みつく噂話となるでしょう。
そんな春はつまらない。そんな夢は、つまらない。

68

こゝろ《心》にも あらでうきよ《世》に ながらへば
こひし《恋》かるべき よは《夜半》のつき《月》かな

トノ

Sanjō In

もう死んでしまいたいほどに月がきれいだ。
今を、私の地獄と呼んでしまいたい。
雪のように降る苦しみを、照らすために月はきれい。
私を、殺しはしないくせに。
もしも私がこの日々を生き延びたのなら、
いつか恋しいと思い出すだろう、それほどの、震えた光を放つ月。

69

あらし《嵐》ふく《吹》 みむろ《三室》のやま《山》の もみぢば《葉》は
たつた《龍田》のかは《川》の にしき《錦》なりけり

ボウズ

Nōin Hōshi

もみじ、もみじ、もみじの三室山に、風が体をよじらせながら駆け抜けて、ちらす、ちらす、水が、深呼吸をするようにゆっくり流れ、受け止めていく、慎重に、秋が龍田川で、錦を織りつづけている。

70

さびしさ《寂》に やど《宿》をた《立》ちいで《出》て なが《眺》むれば
いづこもおなじ《同》 あき《秋》のゆふぐれ《夕暮》

ボウズ

Ryōzen Hōshi

夕日は次第に地平線へと沈み、紅葉の赤色も、稲穂の黄色も、
すべて夕焼けの光とともに、あの向こうへと流れていった。
火を見失ったような冷たい風が、私の部屋のまわりを走っている。
秋の色はどれもさみしい、
私を、置き去りにするようなそんな夕日に似た色だ。
たとえ部屋を出たとしても、
すべてがこの地上から去ろうとする、その後姿しか見えません。
今日も終わり、あたたかさも光も橙も、今日は終わり。日が暮れる。

ゆふ《夕》されば かどた《門田》のいなば《稲葉》 おとづれて

あし《葦》のまろやに あきかぜ《秋風》ぞふく《吹》

71

トノ

Dainagon Tsunenobu

夕刻、世界そのものが鈴になるとき。
遠くから稲の葉がゆれる音。
足音よりも声よりも速く近づいて、門の前でも稲をゆらす、
耳に届くと同じころ、葦葺き屋根の小屋のなかへと、秋の風が飛び込んでくる。

72

おと《音》にきく《聞》　たかし《高師》のはま《浜》の　あだなみ《波》は
かけじやそで《袖》の　ぬれもこそすれ

ヒメ

Yūshi Naishinnōke no Kii

陸が海を呼んでいるのか、
それが大きな波になるのか、だから、黙って波に打たれているんだろうか。
高師浜の、まえに聞いた荒々しい波を、想像している、
まぶたのうら、水しぶき、視界を横切る、さっと、袖をかくす私。
濡れてしまってはいけないから。

そっと、心をかくす私。
濡れてしまってはいけないから。
あなたのことを思い出すたび、私を波が打ちのめす、
波のなか、水しぶき、ほほを横切る、袖へと落ちていく。
忘れることなどできなかった、私から、私の心を隠すしかない、
海を呼ぶのは私ではない、はず、はず、やまない波音。

73

たかさご《高砂》の を《尾》の へ《上》の さくら《桜》 さ《咲》きにけり
とやま《外山》の かすみ《霞》 た《立》たずもあらなむ

トノ

Gonchūnagon Masafusa

わたしのことを忘れてみれば、もっと遠くが見えるのです。
わたしの肌を忘れてみれば、遠くの風を感じるのです。
わたしの体を忘れてみれば、遠くの匂いがしてきます。
とおくの、あの山の峰にさくらが咲いている。
わたしは今、さくらのはなびらの中にうずくまって、
ほろほろと溶けそうな色彩で瞳のおくを染めている。
だから、おもいださせないで、
遠くを見ているわたしの体に、触れないで。
人も、鳥も、虫も、近くの山の霞さえも。

うかり《憂》ける　ひと《人》をはつせ《初瀬》の　やま《山》おろしよ
はげ《激》しかれとは　いの《祈》らぬものを

74

トノ

Minamoto no Toshiyori Ason

ぼくの祈りはどこへ行ったのか、
すべてを永遠に閉じ込めるように重ねた手のひらのその影は、
いま、どこでさまよっているのか、
なにもないぼくの両手をみつめて、すべてが連れ去られてしまったと思う。
しずかに閉じることすらできず震えるぼくの瞼が、
こぼれていくぼくの心をつかまえることもできず、黙り込んでいた。
あの日、あの子の冷たさが変わりますようにとこの初瀬で祈ったんだ、
うずくまるように祈るぼくの形だけが残り、
いま、うずくまるように言葉を失うぼくがいる。
冷たい風が、初瀬山からおりてきていた。
もっともっと冷たくなれなんて、一度も祈らなかったはずなのに。

75

ちぎり《契》おきし　させもがつゆ《露》を　いのち《命》にて

あはれことし《今年》の　あき《秋》もい《去》ぬめり

トノ

Fujiwara no Mototoshi

あなたが贈ってくれたよもぎの歌には、確かに露がついていた。
地平線の向こうにある陽の光を反射して、
あなたは私の祈りに朝の気配を見せてくれたのです。
いつのまにか秋になった、すべてを丸めて捨てるように、
曇り空の下がすみずみ乾く夜の縁。
任せてくれと言いましたよね、待っていますと答えました。
枯れていく緑のように、私の祈りの声も今、ちぎれ、無へとかえってゆくようです。

わたのはら《原》こぎいで《漕出》てみ《見》れば ひさかた《久方》の
くもゐ《雲居》にまがふ おき《沖》つしらなみ《白波》

76

トノ

Hosshōji Nyūdō Saki no Kanpaku Daijō Daijin

空と海だけが見えるここはいったいどこなのだろう、
上には空が、下には海が、ゆらいでいる。
舟で、漕ぎ出したつもりだった、
わたしのいた場所には大地があり、草があり、家があり、友がいた、
すべてがあの境界線に飲み込まれて、沈黙をしている。
本当はわたしの命も、あの場所に置いてきたのかもしれないね。
遠くで白い波がさまよっていた、
いいや白い雲かもしれない、わたしの欠片かもしれない。

77

せ《瀬》をはやみ いは《岩》にせかるる たきがは《滝川》の
われてもすゑ《末》に あは《逢》むとぞおも《思》ふ

トノ

Sutoku In

砕かれてすら終わることのない急流が、私のこの運命だ。流れに飲まれ、私は、姿形すべてが水の粒に溶け込み、ひきさかれていくこと、息苦しさにうめく自分の声すら重なり、鐘のように響くそのことを、受け入れていた。私の心の輪郭に、触れることすら私はできない。いま、急流が岩にぶつかり、二手に分かれ、またひとつにまとまっていく。さようなら！　また会おう！　怒りもいとしさも呪いも約束も、決めるのは私でも君でもない。絶対だ、また、必ず会うことになる。

78

あはぢしま《淡路島》 かよふ《通》ちどり《千鳥》の なく《鳴》こゑ《声》に
いくよ《幾夜》ねざめ《寝覚》ぬ すま《須磨》のせきもり《関守》

トノ

Minamoto no Kanemasa

あなた、あなた、と呼ぶ声に目をあけても、見慣れない天井がただぽっかり口をあけて、ぼくを見ていた。水流のように、ふれてもふれても肌に馴染んではいかない布団につつまれ、通り抜けていく風の形もみたことがなく、ここが旅先なのだと気づくまで、私は私の体すら見失ってしまっていた。

淡路島からとんでくる、千鳥の家族をよぶ鳴き声が、夜の縁で何度も降り注ぎ、私は自分がだれかを呼んでいるような心地がして目を閉じる。この須磨のあたりにいた関守は、毎晩、この声を聞いていたのかなあ。あなた、あなた、私は、私は、会いたい、会いたい。

79

あきかぜ《秋風》に たなびくくも《雲》の たえま《絶間》より
もれいづ《出》るつき《月》の かげ《影》のさやけさ

トノ

Sakyō no Daibu Akisuke

ぶあつい雲が夜空を覆い、
雲の上では月の光で、泉ができあがっているのだろうか。
秋の風にひっぱられて、ちぎれた雲の隙間から、
こぽこぽ月の光が漏れ出ているよ。

ながからむ　こころ《心》もし《知》らず　くろかみ《黒髪》の
みだ《乱》れてけさ《今朝》は　ものをこそおも《思》へ

80

ヒメ

Taikenmon-in no Horikawa

乱れた髪は、台風の翌朝の、町並みみたいだと思う。
すべてが終わったはずなのに、
太陽に照らされているはずなのに、風のあとが、雨のあとが、
なによりも強く主張して、朝を迎えたことすら疑ってしまう。
私の中にある、髪以外のすべて、
心臓や胃や骨やこころといったすべてもまた、同じように乱れています。
なにもかも忘れることができない。
あなたの指先、あなたの呼吸、あなたの言葉、
それらがまだ、ここに渦巻いている。

あなたは、昨夜、いつまでも愛しますよと私に言った。
どこまで、本気にしていいのですか？
あなたは去っても、この嵐は去りません。

ほとゝぎす　なき《鳴》つるかた《方》を　ながむ《眺》れば
たゞありあけ《有明》の　つき《月》ぞのこ《残》れる

81

トノ

Gotokudaiji no Sadaijin

春と夏の境界線がぶあつくみえるほどに、
私のまばたきは一瞬で終わり、季節が変わる音も聞けない。
遠くでカタンと音がするのだと、
地平線がいうのだけれど、私はそれを信じていない。
翻弄されながらも生きるしかない草木や動物の息遣いで、
時を、はかりたいじゃないか。

ほととぎすの鳴き声が、聞こえて私は振り返る。
窓の向こう、ひらけた空には朝が滲んで、そこに、置き去りにされた月がいた。
もう、夏なのだろうか、もう、朝なのだろうか。
私の遠くで、時が軋んだ。

82

おもひ《思》わび さても いのち《命》は あるものを
うき《憂》に たへ《堪》ぬは なみだ《涙》なりけり

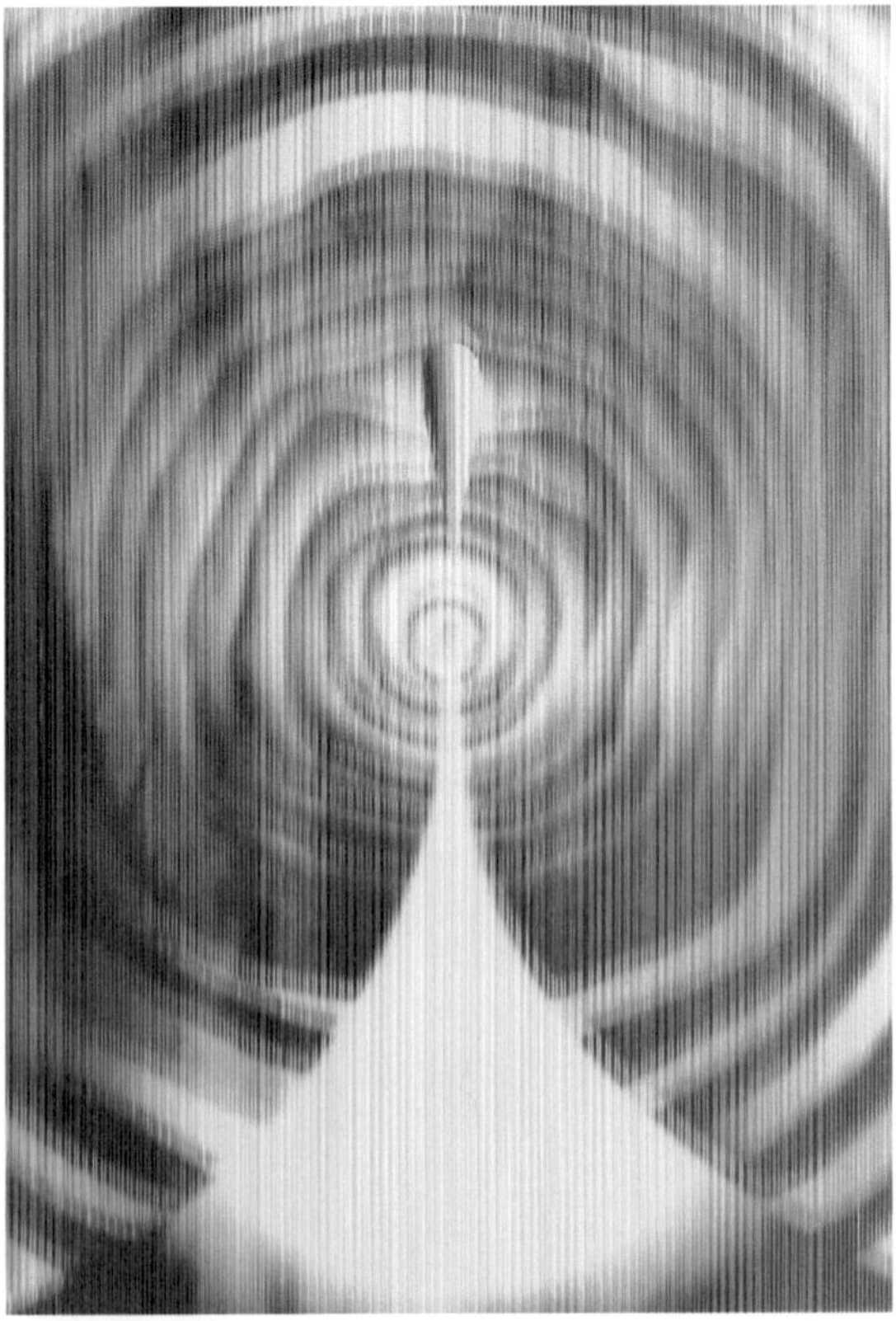

ボウズ

Dōin Hōshi

細い糸のような私の命に絡まるように、私の涙が列を作って、つらつらと流れていく。
わたし、永遠に生きていくつもりなのでしょうか、あなたが、わたしを愛さなくても。

83

よのなか《世中》よ　みち《道》こそなけれ　おも《思》ひい《入》る

やま《山》のおく《奥》にも　しか《鹿》ぞな《鳴》くなる

トノ

Kōtaigōgū no Daibu Toshinari

枝を折る音の聞こえないところへ、
誰の視線も届かないところへ、
陽の光が降らないところへ、
噂話が響かないところへ、
私を映す水面などない場所へ、
誰も周りで死なないところへ、
嘆く瞳の見えないところへ、
山の奥へ山の奥へ、
逃げてきた私の耳に、 鹿が嘆いた声が聞こえる。
行くべき道など、 どこにもなかった。

ながらへば またこのごろや しのばれむ

憂 見 世 今 恋

うしとみしよぞ いまはこひしき

84

トノ

Fujiwara no Kiyosuke Ason

感情も呼吸も思考もすべてが刃となって身体の底に降り注ぐ、
この時間さえ生きながらえば、
この痛みも懐かしく思う日が来るのだと、知っている私は立ち尽くしている。

すべてがひび割れていく、
その跡は、いつかうつくしい陶磁器の模様のようにすら見えるでしょう、
私は手のひらで撫でながら、
ここに痛みがあったのだということを思い出すようになるのでしょう。
これまでも、そうだったから。
私は、ただ立ち尽くしている。

よ《夜》もすがら　ものおも《思》ふころは　あ《明》けやらで
ね《閨》やのひまさへ　つれなかりけり

85

ボウズ

Shun-e Hōshi

部屋の隙間すら冷たいんだ。そこから、朝日がさして、私のかじかむ足の小指を包んでくれるはずなのに、いつまでも朝はこない、そして、あなたもやってはこない。ここには、だれもこないよと、暗闇に言われている気がした。

「なんど手を伸ばそうと、
声をかけようと、
あなたの部屋にはあなたしかいない。
朝も、あの人も、やってはこないよ。
ここは空洞、ぼくは空洞、
冷やされた空気が沈殿をして、あなたのそばに、横たわる。」

86

なげけ《嘆》とて つき《月》やはものを おも《思》はする
かこちがほ《顔》なる わがなみだ《涙》かな

ボウズ

Saigyō Hōshi

月のせいだ、
きみのせいでもぼくのせいでもなく、この涙は月のせい。
きみのことを思うのは、
月がぼくの昨日見たゆめを釣り上げてしまったからだろう、
引力。
ゆめに、きみが現れたのも、月がぼくの記憶を釣り上げてしまうから。
気配がした、きみのことを追うようにして動いた瞳の記憶が、
月によって増幅され、今、涙となっていく。

87

むらさめ《村雨》の つゆ《露》もまだひ《干》ぬ まき《真木》のは《葉》に
きり《霧》たち《立》のぼる あき《秋》の ゆふぐれ《夕暮》

ボウズ

Jakuren Hōshi

夕暮れ。

常葉樹の森が、地球の自転につれさられるように、雲の中を通り過ぎた。にわか雨の細長い雫が、森の、全ての大気を、土を、葉を叩きながら落ちていった、私たちの空のかけらが、こうやって今日も滑りおち、だんだんと、黒い夜空が見えてくる。雲の、残り香のような分厚い霧が、露で濡れた葉をそっと包み、沈めていった。

88

なにはえ《難波江》の あし《葦》のかりねの ひとよゆゑ
み《身》をつくし《尽》てや こひ《恋》わたるべき

ヒメ

Kōkamon-in no Bettō

わたしは、あなたの旅と旅のはざま。

あなたの、夜と朝のはざま。

旅の途中の仮寝のために、わたしが体を捧げたところで、朝が来る、旅は続く。

過ぎていけば、過去になると思いますか。

すべりおちて消えていくのだ。

難波江で、
刈り取られもう伸びることもなく枯れて茶色く染まっていくしかないあの葦の、節と節。

あの短さにわたしは昔一瞥をおくった、たったそれだけのことだった、
あなたはわたしに一瞥をおくった、たったそれだけのことだった。

わたしだけがその瞳を、永遠に忘れないまま生きていく。

たま《玉》のを《緒》よ　たえ《絶》なばたえ《絶》ね　ながらへば
し《忍》のぶることの　よ《弱》わりもぞする

89

ヒメ

Shokushi Naishinnō

私の命は雨の粒より星より丸くて、軽く、
きっとあなたのところまで飛んでいくことができるでしょう。
きっと今、軒先から庭を見ているあなたのまぶたに降る雨と、
ともに舞い降りてしまいたかった。
私の美しい肉体は、黒い髪は、絹の衣はどれもが重いだけだ、
優しい人々の視線や声も、すべてが針のように私をこの地上に張り付けている。
吐き出すことのできない愛が、私の喉でもがくたび、
引き裂かれるような痛みが走る。
どうして、このまま私の喉を引き裂いてはくれないの。
雨が、あなたを濡らしています。
私の魂だけならば、だれに知られることもなく、あなたの頬に触れられるでしょう。

90

み《見》せばやな をじま《雄島》のあま《海人》の そで《袖》だにも
ぬれ《濡》にぞぬれ《濡》し いろ《色》はかは《変》らず

ヒメ

Inpumon-in no Taifu

痛みのすべてを洗い流してしまうため、
浴びてきた光をすべて蓄えた、わたしの深い海。
そこからひとしずく、ひとしずく、わたしの瞳からこぼれて、
袖を濡らしていたのは昔。
いまは、枯れ果てた海の底も引き裂かれ、心から流れる血の涙。
漁師ですら、荒波とともにいる雄島の漁師の袖ですら、
濡れても色は変わらないといいますね。
それじゃあ、私の袖の、この色は。

あなたにも見てもらいたい、
私ばかりが私の痛みを見守る、私の痛みに触れている。
私は、私の孤独より、私の痛みの孤独がかなしい。

91

きりぎりす な《鳴》くや しもよ《霜夜》の さむしろに
ころも《衣》かたしき ひとりかもね《寝》む

トノ

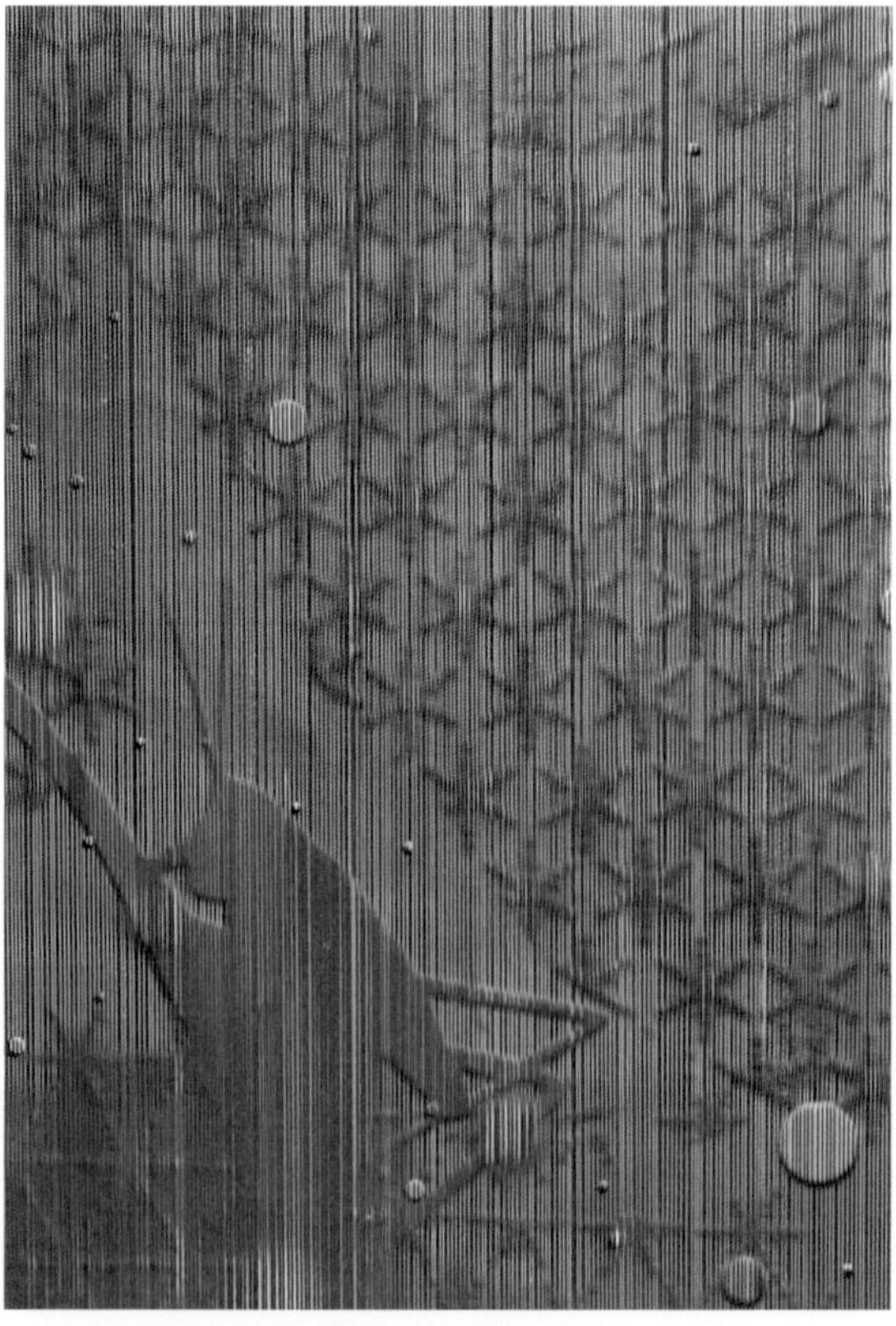

Gokyōgoku Sesshō Saki no Daijō Daijin

光より細く鋭い冷たさが、壁の隙間から入ってきては眠る私を貫いて、
私はそのたび誰かをさがす。
寒くないかと声をかける、その相手をさがしている。
冬になんの抵抗もできずに立ち尽くしている壁や天井が私を囲い、
私は私のために布団をかさね、私は私のために私の袖を枕に使った。
すべてが冬になぎ倒されて、私のすべてが晒されている。
だれより、近くで鳴る心臓の音、肺の音、すべてが冬に打ち消され、
私は私もここにはいないと思っていた。
ただ、窓からコオロギの、語り合う声が聞こえていた。

92

わがそで《袖》は しほひ《潮干》にみ《見》えぬ おき《沖》のいし《石》の
ひと《人》こそし《知》らね かわくま《間》もなし

ヒメ

Nijō-in no Sanuki

涙が私を沈めたのは、もうずっと昔の夜であったように思います。
頭上、はるかに向こうで波の音がする。
この底まで光が落ちてくることはなく、私の袖が乾くことなどない。
私が、泣いていることに気づく人はいないでしょう、
あなたの視界にも入ることはないでしょう、
私ですらその一粒一粒を数えることはやめてしまった。
私の袖は海の沖合で、冷たく無口な石となる。
あなたの柔らかい指先と違って、
石の袖は私の涙を拭う代わりにすべての光を吸い込んで、
海底にふさわしい、朝も昼もない暗闇に私のゆめを染めてしまう。

93

よのなか《世中》はつね《常》にもがもな なぎさ《渚》こ《漕》ぐ
あま《海人》のをぶね《小舟》の つなで《綱手》かなしも

トノ

Kamakura no Udaijin

ずっとそこにあるのが海だと、信じていたのは私だけかもしれません。
変わりつづける波の形、波の音。
私が見た海という存在は、次の瞬間きえうせて、
もう、きみは海ではないのかもしれないね。
全く知らない、うごめく鏡が、目の前に横たわっている、
それだけかもしれなかった。
すべてを、失いながら、
そしてまた手に入れながら、私たちは進んでいる。

変わらないでくれと、願うことで抗っているよ。
止まることのない波の音、
止まることのない水流、光、
私の手のひらからすべてがこぼれ、すべてがまた降ってくる。
遠くで、漁師が曳き綱をひいている。

変わらないでくれと願った、
今、このときにあるものこそが永遠であるべきだと、
そう信じずにはいられなかった。

94

みよしの《吉野》　やま《山》のあきかぜ《秋風》　さよふけ《夜更》て
ふるさと　さむく《寒》　ころもうつ《衣打》なり

トノ

Sangi Masatsune

遠のいていった、遠のいていった、
昔の都の吉野の里に、秋、吹いている、
今、吹いている、
夏の夜だったなにかの隙間に、隅々まで秋が、
しのびこんで、するすると、熱を空へと返していく、
澄み切ったようでした、壁のように重苦しかった空気は消えて、
かわりにどこかで衣を打つ音、
遠くから、遠くから、衣を打つ音、
ほんとうに今鳴っている音なのか、わたしは、ふと振り返る、
遠のいていった、遠のいっていった、都の影、夏の影。

おほけなく うきよのたみ《憂世民》に おほふかな
わがたつそま《立杣》に すみぞめのそで《墨染袖》

95

ボウズ

Saki no Daisōjō Jien

私がまとう墨染の僧衣。私が暮らす比叡山。
ここから祈る。手を合わせ。ほとけのご加護がありますように。
夜よりも曇り空よりも、澄み切った、
どこまでも声の通る空の黒を、私の袖でつくりたい。

96

はな《花》さそふ あらし《嵐》のには《庭》の ゆき《雪》ならで
ふりゆくものは わがみ《身》なりけり

トノ

Nyūdō Saki no Daijō Daijin

わたしの庭の桜が、嵐に誘われて出て行こうとしていた。
はなびらがさよならさよならと剥がされて、花は壊れる、花は散る、
それでも風のようには浮かぶことはできなくて、
ぱらぱらとめくれながら、あきらめのように地面へ降りる。
花びらは、雪のように、しろく、曖昧に変わっていった。

ほんとうは、それがわたしの瞳から溢れていく時間だとわかっていました。
すべては過去になっていく、
わたしのすべてもまたこわれ、散って、残るのは古びた幹だけだ。
雪と、言いたい。
一瞬で溶ける雪になら、過去も未来もないだろう。
降り注ぐわたしだったもの、雪のようで美しいと、今だけでも、言いたかった。

97

こ《来》ぬひと《人》を まつほ《松帆》のうら《浦》の ゆふ《夕》なぎに
やく《焼》やもしほ《藻塩》の み《身》もこがれて

トノ

Gonchūnagon Teika

どれほど時が経ったのか、
どれほど私は待ったのか。
目の前で、焼かれていく海藻からは、白い煙が空へとまっすぐに上がり、
まるですべてが止まっているようで、それでいて、もう永遠は通り過ぎたようにも思う。
波の音は途絶えていた、
夕陽がすべてを燃やし尽くし、何もかもを終わらせるまで消えない赤を放っていた。
あなたは、いつ来るのでしょうか、いつかは、来てくれるのでしょうか。
松帆の浜辺が焼かれていくなか、
焼けて、すべてが消えてくれるなら、まだよかったと繰りかえし思う。
この夕陽は沈んでくれない、あなたが来るまで私はここで、
心が焼ける夕暮れにいる。

98

かぜ《風》そよぐ　ならのをがは《小川》の　ゆふぐれ《夕暮》は
みそぎぞなつ《夏》の　しるしなりける

トノ

Junii Ietaka

熱せられ、凝縮された世界を、ほどくように風がとおった。
すずしさは、きっとそうして生まれるのでしょう。
風にゆらめく夕暮れが、楢の小川に降りてきて、いっしょに、私の瞳もゆれている。
秋だ。肌細胞が、はらはらと夏の粒子を手放していった。

けれど、夏だ。夏の証拠が、まだ私の瞳のなかに立ち尽くしたままなんだ。
川で行われる夏越しの禊が、今、見える。
未来にいるように、私の肌だけが、冷えていく。

99

ひと《人》もをし　ひと《人》もうら《恨》めし　あぢきなく
よ《世》をおもふ《思》ゆゑに　ものおもふ《思》み《身》は

トノ

Gotoba In

ひと。
ひとのすべて。
ひとのすべてを愛すること。
ひとのすべてを憎むこと。
どちらでもよかった、どちらでもいいから、
愛したかった。
憎みたかった。
すべてを諦めること。
すべてを許すこと。
そのどちらでもいい。私に、できていたら。

影と光の境界線が、月の表面を撫でながらうごめいて、
私は、きみの本当の姿を、
いつまでも見つけることができないように、思うのだろう。

本当は裸で、きみは私の前に浮かんでいるのに。
それでも私はきみを探すよ、真っ暗な夜に、きみの、光を目印に。
見つけるたびに心細く、なるような人生であっても。

100

ももしき《百敷》や ふるき《古》のきば《軒端》の しのぶにも

なほあまり《余》ある むかし《昔》なりけり

トノ

Juntoku In

土を、草を、人を、鳥を、雲を、空を、星を、何千年と見上げてきた、石の肌。
それらを、何千とここに敷き詰めたのはいつの時代のことだったのか。
石を積む人々の手のひらには、泥がつき、
彼らはそれを水で洗い、眠り、また起きて、石を積み、
いつかこの宮殿が築かれていた。
多くの人の呼吸が重なり、まばたきをし、
手に触れ、愛し、憎み、赦し、きみたちは生きたでしょう。
蓄積されていく泥の中に年輪のような層ができ、
私たちはそれを過去と呼ぶけれど、
それを辿ろうとしても、語られた言葉は、流された涙は、
幻のように消え失せていた。
残されたここには、人の気配もまばら。
軒の端には踏まれることのなくなった土から、しのぶ草が生えている。

「あのころは」と呟けば、とめどなく過去の栄華が瞳に流れる。
あのころは、それでも私の知らない光が、影が、言葉が、
さらに満ちていたのでしょう。
石はただ沈黙していた、
私がここにいるというそのこと以外、すべてが私には見えていない。
何千の声が聞こえるか、何千の歌が聞こえるか、
本当は、ずっとここでこだましている。

価値を意識しながら、時の過ぎさるのにむしろ興じる態度は、凡手、凡人でない作者を感じさせます」と書いている。

85 歌合の席で「恋」を題につくられた歌で、男性を待つ女性の気持ちになって詠んでいる。「夜もすがら」は一晩中。「もの思ふころは明けやらで」は、(待てども来ない) あの人のことを思うこのごろは、夜もなかなか明けてくれなくて。「閨(ねや)のひまさへつれなかりけり」は、(いつまでも朝の光が差しこんで来ない) 寝室の隙間さえ、冷たく感じてしまうのです。俊恵法師は、**71** の源経信の孫で、父は **74** の源俊頼。三代にわたって、百人一首に選ばれている。京都の白川に構えた家は「歌林苑」と呼ばれ、多くの歌人たちが集まったという。

86 『千載集』の詞書には、「月の前の恋といへる心をよめる」とある。「嘆けとて」は擬人法で、(月が私に) 嘆けといって。「月やはものを思はする」は、月が私に物思いをさせるのか、いやそうではない。「かこち顔なるわが涙かな」は、(本当は未練な恋ゆえであるけれど) 月のせいにして、流れ落ちる私の涙であることよ。西行法師は、もともとは武士として鳥羽上皇に仕えていたが、二十三歳で職も家族も捨てて出家した。その理由は、高貴な女性とのかなわぬ恋のためとも、友の死のためともいわれるが、詳細は不明。日本中を旅しながら、数多くの歌を詠んだ。家集に『山家集』がある。

87 作者の出家する前の名前は、藤原定長。**83** の藤原俊成の弟である阿闍梨俊海の息子だが、歌の才能をかわれて俊成の養子となった。「村雨の」はにわか雨の。「露もまだ干ぬ」は、水滴もまだ乾いていない。「真木」は、杉、槇、檜など常緑樹の総称。「霧立ちのぼる」は、白く霧が立ちのぼってゆく。秋の場合は「霧」というが、春の場合は「霞」と使い分ける。秋の夕暮れの、雨の後の印象的な光景を詠んだ歌である。寂蓮法師は、いったんは『新古今集』の撰者を任じられたが、その完成前に病で亡くなってしまったため、正式な撰者とはされていない。

88 旅先の宿で、一夜かぎりの契りを結んだ相手を思う歌である。「難波江」は、摂津国難波 (現在の大阪府大阪市) の入江で、葦が群生する湿地帯。「かりねのひとよ」は、「刈り根」(葦を刈り取った根) と「仮寝」(旅先での仮の宿)、「一節 (ひとよ)」と「一夜」をかけている。「一節」とは、葦の節から節までの間のことで、短いことをあらわす。「身を尽くし」は、「澪標」と「身を尽くし」の掛詞で、この身を捧げてという意味。「恋ひわたるべき」は、あなたのことをずっと思い続けるのでしょうか。作者は、源俊隆の娘で、崇徳院皇后 (皇嘉門院) 聖子 (せいし) に仕えた。

89 式子内親王は、後白河院の第三皇女で、京都の上賀茂神社と下鴨神社に奉仕する斎院だったため、恋愛は禁じられていた。その後は出家し、生涯を独身で通した。この歌は、「忍ぶ恋」を題に詠まれたものである。「玉の緒」は、本来は首飾りなどの玉を通す紐のことだが、ここでは魂を肉体につなぐ緒という意味で、命そのものをあらわす。「絶えなば絶えね」は、絶えるなら絶えてしまえ。「ながらへば」は、このまま生きていたら。「忍ぶることの弱りもぞする」は、(胸に秘めた恋心を) 隠しつづけることができなくなってしまいそうだから。作者には、百人一首の撰者である藤原定家 (**97**) との恋の噂があったという。

90 「見せばやな」は、(血の涙で色が変わってしまった私の袖を) あなたに見せたいものです。「雄島」は、歌枕としても有名な陸奥国 (現在の宮城県) の松島にある島のひとつ。「海人」は漁師のこと。「ひどく濡れている漁師の袖でさえも、その色は変わらないのに」と詠むことで、「私の袖の色は変わってしまった。涙も涸れ果てて流れた血の涙で」ということを暗示している。血の涙という誇張表現は、中国の故事に由来するもので、恋のつらさをあらわすときに使われる。作者は藤原信成の娘で、後白河院の皇女である亮子 (りょうし) 内親王 (殷富門院) に仕えた。

91 独り寝のさびしさを詠んだ歌である。作者は、この歌をつくる少し前に妻に先立たれたという。「きりぎりす」はコオロギのこと。当時は、今でいうコオロギとキリギリスが逆に呼ばれていた。「霜夜」は、霜の降りる寒い夜。「さむしろ」は、藁などで編んだ簡素な敷物の「むしろ」に接頭語の「さ」がついたかたちで、「寒し」との掛詞。「衣かたしき」は、自分の着物の袖を枕にして寝ること。共寝のときはふたりの着物の袖を重ねるので、独り寝をあらわす。作者の本名は、藤原良経。**76** の藤原忠通の孫で、**95** の慈円の甥にあたる。『新古今集』の撰者のひとりで、仮名序を書いた。

92 「石に寄する恋といへる心を」という、めずらしい題で詠んだ歌である。「わが袖は」は、(あなたのことを思って涙で濡れる) 私の袖は。「潮干に見えぬ沖の石の」は、引き潮で干潟になっても見えない、遠い沖にある石のように。「人こそ知らね」は、(あなたもまわりの人も) 誰も知らないけれど。「かわく間もなし」は、最初の「わが袖は」を受ける言葉で、乾くひますらないのです。作者は、二条院に仕えた後、後鳥羽院 (**99**) の中宮にも女房として仕えた。難しい題を巧みに詠んだこの歌は評判となり、「沖の石の讃岐」とも呼ばれた。

93 鎌倉右大臣とは、鎌倉幕府第三代征夷大将軍の源実朝のこと。歌人としても知られ、家集に『金槐和歌集』がある。**97** の藤原定家を歌の師匠とし、鎌倉と京都の間で手紙のやりとりを続けた。「世の中は常にもがもな」は、世の中はいつも変わらないものであってほしい。「海人」は漁師。「綱手」は船を引く綱のこと。「かなしも」の「かなし」は、心が揺り動かされるさまをあらわす言葉で、ここではせつなく愛おしいという意味。実朝は、武士としてはじめて朝廷の右大臣となったが、その翌年に二十八歳の若さで甥の公暁に暗殺された。太宰治の『右大臣実朝』は、源実朝をモデルにした小説である。

94 「み吉野」は、現在の奈良県吉野郡吉野町のことで、かつて天皇の離宮があった。「山の秋風さ夜更けて」は、山の秋風が夜更けに吹いて。「ふるさと」は、吉野のことで、ここでは「忘れられさびれた土地」という意味も含ませている。「衣打つなり」は、衣を打つ音が聞こえてくる。「衣打つ」は、布をやわらかくして光沢をだすために木の棒で叩くことで、女性が夜にする仕事だった。この衣を打つ道具は砧 (きぬた) といい、漢詩では兵役に出た夫を待つ妻を連想させる言葉である。作者の藤原雅経は、『新古今集』撰者のひとり。蹴鞠の名手としても知られる。

95 作者は、**76** の藤原忠通の息子で、父の死後、十代で出家し、後に天台宗の座主 (比叡山延暦寺の僧侶の最高職) となった。この歌は、比叡山に修行に入ったときの気持ちを詠んだものだといわれている。「おほけなく」は、おそれ多いことだが。「杣 (そま)」は、材木を切り出す杣山のことで、ここでは比叡山をさす。「墨染の袖でおほふ」という表現は、仏に祈り、そのご加護で人々を守るという意味で、「墨染」と「住み初め」をかけて、「この比叡山に住みはじめた私の墨染の袖を、悩み多き浮世を生きる民たちに覆いかけたい、御仏のご加護を願って」と、若き日の決意を詠んでいる。史論『愚管抄』を記した。

96 作者の藤原 (西園寺) 公経は、承久の乱の後に栄華を極めた西園寺家の中心人物である。**97** の藤原定家の妻の弟で、歌人としての定家の活動も支えたという。この歌は、はかなく散り落ちる花吹雪に、自らの姿を重ねている。「花さそふ」は、花を誘って散らす。「降りゆく」と「古 (ふ) りゆく」(老いてゆく) をかけて、「嵐が吹く庭の、雪のように降りゆくものは花びらではなく、古りゆくわが身である」と詠っている。「四月ごとに同じ席は　うす紅の砂時計の底になる　空から降る時が見える　さびれたこのホテルから」という、松任谷由実の「経る時」にも共通する世界観がある。

97 約束をしたのに、いつまでも来ない恋人を待ち焦がれる女性の姿を、藻塩をつくる浜辺の風景に重ねた歌である。「松帆の浦」は、現在の兵庫県淡路島の北端にある海岸。「松帆」の「松」と「待つ」が掛詞になっている。「藻塩」は、海藻から採る塩のことで、海藻を天日干しにして、それを焼いたものを煮詰めて塩をつくる。「身もこがれつつ」は、藻塩が焼かれることと、恋に身を焦がすことをかけている。作者の藤原定家は、**83** の藤原俊成の息子で、『新古今集』『新勅撰集』の撰者。百人一首を選んだことでも名高い。著書に『明月記』『八代抄』などがある。

98 「ならの小川」は、京都市上賀茂神社の近くを流れる御手洗川 (みたらしがわ) のこと。境内に奈良社という社があり、その前を流れているので、こう呼ばれたという。この川では、陰暦の六月のみそかに水をかぶって、罪や穢れをはらう「夏越しの禊」が行われた。暦の上では、翌日からは秋である。「楢の葉をそよがせて、小川の清流を吹く夕暮れの風はもう秋の気配だが、みそぎをしている姿を見れば、たしかにまだ夏である」と、季節のあわいを詠んでいる。作者の藤原家隆は、『新古今集』撰者のひとりで、藤原俊成 (**83**) のもとで和歌を学び、**87** の寂蓮の娘を妻とした。

99 後鳥羽院は、貴族社会から武家社会へと移り変わる激動の時代を生きた。わずか四歳で即位し、十九歳で第一皇子に位を譲ってからは和歌にも熱中し、**97** の藤原定家らに命じて『新古今集』を編纂させた。この歌は、後鳥羽院が貴族復権を掲げて承久の乱を起こす九年前に詠まれたものである。「人もをし人も恨めし」の「をし」は「愛 (を) し」で、人のことを愛おしくも、またうらめしくも思える。「あぢきなく世を思ふゆゑに」は、つまらない世の中だと思うために。「もの思ふ身は」は、あれこれと思い悩んでいる私は。承久の乱で鎌倉幕府に敗れた後鳥羽院は、隠岐国 (現在の島根県) に流され、その地で崩御した。

100 順徳院は、**99** の後鳥羽院の第三皇子で、十四歳で兄の土御門天皇に代わって即位した。父に似て和歌の才能にも恵まれ、歌論書『八雲御抄』を記した。承久の乱では、父の右腕となったが思いはたせず、現在の新潟県佐渡島に流された。この歌は、天皇を中心とした貴族文化が栄えたころに思いを馳せて詠んだものである。「百敷」は、たくさんの石を敷いて築いた城という意味で、宮中のことをさす。「しのぶ」は、家や庭が荒れていることをあらわす「しのぶ草」と「偲ぶ」(懐かしく思う) の掛詞で、王朝の衰退も暗示している。「なほ余りある昔なりけり」は、しのんでもしのびつくせないほど慕わしいのは、古き良き昔日であることよ。

にあい、目の病もわずらった。さらに、時の権力者であった藤原道長による、自分の孫（一条天皇と道長の娘である彰子との子）を早く即位させ、みずからは摂政となるというたくらみによって、まだ幼い後一条天皇にその位を譲ることになる。三条院は退位後に出家するが、その翌年にはこの世を去ってしまう。

69 鮮やかな景色が目に浮かぶようだが、実景ではなく、歌合のために詠まれたものである。「嵐吹く」の「嵐」は、山から吹く風という意味。三室山は現在の奈良県生駒郡にある山で、紅葉の名所。龍田川は三室山の東を流れる川で、同じく紅葉の名所である。「錦なりけり」は、色とりどりの織物のようだ。実際は三室山の紅葉が龍田川に散り落ちることはないが、ふたつの歌枕を一首に詠み込むことによって、イメージの世界のなかで美しい光景をつくりだしている。能因法師は、俗名を橘永愷（たちばなのながやす）という。著書に『能因歌枕』があり、旅の歌人としても知られる。

70 良暹法師は、十一世紀前半に活躍した人物である。詳しい家系や経歴などはあきらかではないが、比叡山延暦寺の僧で、晩年は京都の大原に住んだといわれている。「寂しさに」は、あまりのさびしさのために。この時代の和歌で使われる「さびし」という形容詞は、ひとり住まいの家や、人里離れた山や野など、人の往来が少ないことをあらわすことが多い。「宿」は作者が住んでいる草庵のこと。「秋はさびしい」という感覚は、日本では平安時代に一般的になったといわれ、「秋の夕暮れ」という語句も、この時代の歌に数多く詠まれている。

71 この歌は、京都郊外にある別荘に貴族たちが集まって歌会が開かれたときに、「田園の家の秋風」という題で詠まれたものである。「夕されば」は、夕方になると。「門田の稲葉」は、家の目の前に広がる田んぼの稲の葉。「おとづれて」は、訪れてという意味もあるが、ここでは音を立ててという意味で使われている。「葦のまろや」は、屋根が葦葺きの仮住まいの小屋という意味で、作者のいる別荘をさす。大納言経信とは、源経信のこと。詩歌や管弦に優れ、宮中に古くから伝わる儀式や行事などについての知識も深かった。

72 堀河天皇が開いた艶書合（えんしょあわせ）で詠まれた歌である。艶書合とは、恋を題にした歌の上手を競う歌合の一種で、男性が送った歌に対して、女性が返すというもの。「音に聞く」の「音」は、噂や評判という意味。「高師の浜」は、現在の大阪府堺市浜寺から高石市あたりまでの浜辺。「あだ波」は、いたずらに立つ波で、浮気な人の言葉という意味も暗示している。「かけじや袖のぬれもこそすれ」は、「波がかかって袖が濡れてはいけないから」と、「あなたに想いをかけて涙で袖を濡らしてはいけないから」という二重の意味をこめている。作者は、後朱雀天皇の皇女祐子内親王に仕えた。この艶書合のときは、七十歳を過ぎていたという。

73 この歌は、内大臣藤原師通の屋敷で宴が催されたときに、「遥かに山桜を望む」という題で詠まれたものである。「高砂」は、地名ではなく、高い山という意味。「尾の上」は山頂のこと。「外山」は、人里から離れていない低い山。ここでは「高砂の尾の上の桜」が咲く山より手前に見える里山をさす。「遠くの高山の桜がかすんでしまわないように、里山の霞よどうぞ立たずにいておくれ」と詠っている。作者の大江匡房は、大江匡衡と**59**の赤染衛門の曾孫にあたる。平安時代を代表する学識者で、幼いころから『史記』などの漢書にも通じていたという。

74 『千載集』の詞書には、藤原俊忠の家で「祈れども逢はざる恋」を題に詠んだとある。「初瀬」は、現在の奈良県桜井市の地名で、観音信仰で有名な長谷寺がある。作者はかつてこの観音様に、なかなか振り向いてくれない女性の態度が変わるようにと祈った。「憂かりける人」とは、つれないあの人。「山おろし」は山から吹きおろす冷たい風のこと。擬人法を用いて、（お前のようにあの人が）より冷たくなれとは祈らなかったはずなのにと、悲しい恋の結末を嘆いている。源俊頼は、**71**の源経信の息子で、**85**の源俊恵の父。『金葉集』の撰者である。

75 藤原基俊の息子の光覚は、奈良の興福寺で僧侶をしていた。興福寺では毎年秋に維摩会（ゆいまえ）という行事があり、そこで経を読む講師（こうじ）に選ばれるのは、とても名誉なことだった。基俊は、講師の任命役の藤原忠通（**76**）に、「ぜひ息子を」と頼んだ。それに対して忠通は『古今集』にある歌の文句で返し、「私に任せておけば大丈夫だ」という意味をほのめかしたが、息子が講師に選ばれることはなかった。この歌は、「言ってくださった、その言葉を頼みにしていたのに、ああ、今年の秋も過ぎていくのか」と、落胆して詠んだものである。藤原基俊は、**74**の源俊頼と並び称された当時の歌壇の重鎮で、『新撰朗詠集』の撰者である。

76 「海上遠望」という題で、**77**の崇徳天皇の前で詠んだ歌である。「わたの原」は大海原。「久方の」は雲居にかかる枕詞。「雲居にまがふ沖つ白波」の「雲居」は、雲がいる場所で空という意味だが、ここでは雲そのものをあらわし、「雲と見まがうほどに、沖の白波が立っていることだ」。作者の藤原忠通は、**91**の良経の祖父で、**95**の慈円の父にあたる。法性寺入道前関白太政大臣という名前は、百人一首の作者のなかでもっとも長く、夏目漱石の『吾輩は猫である』には、苦沙弥先生が「世界で一番長い字を知ってるか」と尋ねると、細君が「ええ、前（さき）の関白太政大臣でしょう」と答えるやりとりが描かれている。

77 作者は、鳥羽天皇の第一皇子として生まれた。母の待賢門院璋子は、鳥羽天皇の祖父である白河院の養女として育てられたが、幼いころから養父に寵愛され、顕仁皇子（崇徳院）は白河院との子ではないかという噂があった。そのため、父親の鳥羽帝からは愛されず、父子間の不和が続いた。保元の乱に敗れた後は、讃岐国（現在の香川県）に流され、二度と都に戻ることはなく、流謫の地でその生涯を閉じた。この歌は、岩にせき止められてふたつに分かれ、またひとつになる急流と自分の心情を重ね、「今は引き裂かれていても、必ずやまた会おう」と詠んでいる。恋の歌であるが、都、あるいは天皇の位への執念の歌ともとれる。

78 かつて作者は、『源氏物語』の光源氏が退居した地でもある須磨のあたりを冬に旅した。この歌は、その旅の宿で聞いた千鳥の鳴き声を思い出して詠んだものだといわれている。「淡路島」は、明石海峡をはさんで現在の兵庫県須磨の西南に位置する島。「千鳥」は水辺に棲む小型の鳥で、妻や仲間を恋しがって鳴くといわれる。「須磨の関守」は、須磨の関所を守る番人のこと。「須磨」は現在の兵庫県神戸市須磨区周辺。この歌が詠まれたころにはすでに廃止されていたが、古くは関所が置かれていた。源兼昌は、美濃守源俊輔の息子で、数多くの歌合で活躍した。

79 『新古今集』の詞書には、「崇徳院に百首たてまつりけるに」とあり、**77**の崇徳院に献上された歌のなかの一首である。「たなびく雲」は、横に長く吹かれている雲。「絶え間より」は、雲と雲との切れ間から。「月の影」は、月の光。「さやけさ」は、くっきりと澄み切った明るさ。百人一首には「月」を詠んだ歌が数多くあり、この歌をふくめて十一首も選ばれている。作者の藤原顕輔は、**84**の藤原清輔の父で、和歌の名門「六条家」を創設した。崇徳院の命によって編纂された、『詞花集』の撰者である。

80 この歌も**79**と同様に、崇徳院に献上されたもので、一夜をともに過ごした男性からの後朝（きぬぎぬ）の歌への返歌として詠まれた。「ながからむ心も知らず」は、末長く変わらないといった（相手の男性の）心は（本心かどうかは）わからず。「乱れて」は、黒髪の乱れと心の乱れの両方をあらわす。「ものをこそ思へ」は、物思いに沈んでいます。黒髪の乱れにみずからの思いを重ねたこの歌の影響は、与謝野晶子の「くろ髪の千すじの髪のみだれ髪かつおもひみだれおもひみだるる」にも見られる。作者は、崇徳院の母である待賢門院璋子に仕え、堀河と呼ばれた。

81 「ほととぎす」は、かっこうに似た鳥で、日本には初夏に飛来し、夏の訪れを告げる鳥として多くの歌に詠まれている。平安時代には、初音（その年最初の鳴き声）を聞くことが貴族たちの間で流行し、ほととぎすの声を聞くために、夜明けまで耳を澄ましていた人もいたという。「鳴きつる方を眺むれば」は、（いま鳴いたほととぎすの）声がした方を眺めれば。「ただ有明の月ぞ残れる」は、（そこには、ほととぎすはもういなくて）ただ明け方の月が空に残っているだけだった。作者の藤原実定は、**97**の藤原定家の従兄にあたる。祖父も徳大寺左大臣と称されたので、区別するために後徳大寺左大臣と呼ばれる。

82 道因法師は、歌の道に熱心だったことで知られ、高齢になって耳が遠くなってからも歌会に出席し、講評をひと言も洩らすまいと耳をそばだてて聞いていたという。その死後も、『千載集』に多くの歌が選ばれたことを喜び、撰者である藤原俊成（**83**）の夢枕に立ち、涙ながらにお礼をいったという逸話が残る。「思ひわび」は、（つれない相手を）思い嘆いて。「さても命はあるものを」は、それでも生き長らえているのに。「憂きに堪へぬは涙なりけり」は、（命は耐えているのに）涙はそのつらさに耐えかねて、とめどなくあふれてしまうのだ。

83 作者の藤原俊成は、**97**の藤原定家の父で、**99**の後鳥羽院に仕えた宮廷歌人である。「幽玄」と「あはれ」の美意識を提唱し、『千載集』を編纂した。この歌は、作者が二十代のときの作である。当時は、**86**の西行法師をはじめ、作者のまわりの多くの知り合いたちが出家したという。「世の中よ道こそなけれ」は、世の中の悲しみやつらさから逃れる道などないのだな。「思ひ入る山の奥にも」は、（俗世を離れようと）思いつめて分け入ったこの山の奥にも。「鹿ぞ鳴くなる」は、（雌鹿を恋しがる）鹿の鳴き声が聞こえる。若いころに思いとどまった出家を俊成が決意したのは、六十三歳のときであった。

84 藤原清輔は、**79**の藤原顕輔の息子だが、父親とは不仲で、顕輔が編纂した『詞花集』には清輔の歌は一首も選ばれていない。「ながらへば」は、この先もっと長く生きたならば。「またこのごろやしのばれむ」は、（つらいと思っている）今このときも懐かしく思うのだろうか。「憂しと見し世ぞ今は恋しき」は、つらいと思っていた昔も、今は恋しく思い出されるのだから。中村光夫は、タイトルをこの歌からとった『文学回想　憂しと見し世』のあとがきに、「人生を一望のうちに収め、現在の

85 俊恵法師
1113- 没年不明

よもすがら　もの思ふころは　明けやらで
閨のひまさへ　つれなかりけり
千載集

86 西行法師
1118-1190

なげけとて　月やはものを　思はする
かこち顔なる　わが涙かな
千載集

87 寂蓮法師
1139-1202

むらさめの　露もまだ干ぬ　真木の葉に
霧立ちのぼる　秋の夕暮れ
新古今集

88 皇嘉門院別当
生没年不明

なにはえの　葦のかりねの　ひとよゆゑ
身を尽くしてや　恋ひわたるべき
千載集

89 式子内親王
生年不明 -1201

たまの緒よ　絶えなば絶えね　ながらへば
忍ぶることの　弱りもぞする
新古今集

90 殷富門院大輔
生没年不明

みせばやな　雄島の海人の　袖だにも
濡れにぞ濡れし　色は変はらず
千載集

91 後京極摂政前太政大臣
1169-1206

きりぎりす　鳴くや霜夜の　さむしろに
衣かたしき　ひとりかも寝む
新古今集

92 二条院讃岐
1141 頃 -1217 頃

わがそでは　潮干に見えぬ　沖の石の
人こそ知らね　かわく間もなし
千載集

93 鎌倉右大臣
1192-1219

よのなかは　常にもがもな　渚漕ぐ
海人の小舟の　綱手かなしも
新勅撰集

94 参議雅経
1170-1221

みよし野の　山の秋風　さ夜更けて
ふるさと寒く　衣打つなり
新古今集

95 前大僧正慈円
1155-1225

おほけなく　憂き世の民に　おほふかな
わが立つ杣に　墨染の袖
千載集

96 入道前太政大臣
1171-1244

はなさそふ　嵐の庭の　雪ならで
ふりゆくものは　わが身なりけり
新勅撰集

97 権中納言定家
1162-1241

こぬ人を　松帆の浦の　夕なぎに
焼くや藻塩の　身もこがれつつ
新勅撰集

98 従二位家隆
1158-1237

かぜそよぐ　ならの小川の　夕暮れは
みそぎぞ夏の　しるしなりける
新勅撰集

99 後鳥羽院
1180-1239

ひともをし　人も恨めし　あぢきなく
世を思ふゆゑに　もの思ふ身は
続後撰集

100 順徳院
1197-1242

ももしきや　古き軒端の　しのぶにも
なほ余りある　昔なりけり
続後撰集

69 能因法師
988-1050 頃
あらし吹く　三室の山の　もみぢ葉は
龍田の川の　錦なりけり
後拾遺集

70 良暹法師
生没年不明
さびしさに　宿を立ち出でて　眺むれば
いづこも同じ　秋の夕暮れ
後拾遺集

71 大納言経信
1016-1097
ゆふされば　門田の稲葉　おとづれて
葦のまろやに　秋風ぞ吹く
金葉集

72 祐子内親王家紀伊
生没年不明
おとに聞く　高師の浜の　あだ波は
かけじや袖の　ぬれもこそすれ
金葉集

73 権中納言匡房
1041-1111
たかさごの　尾の上の桜　咲きにけり
外山の霞　立たずもあらなむ
後拾遺集

74 源俊頼朝臣
1055-1129
うかりける　人を初瀬の　山おろしよ
激しかれとは　祈らぬものを
千載集

75 藤原基俊
1060-1142
ちぎりおきし　させもが露を　命にて
あはれ今年の　秋も去ぬめり
千載集

76 法性寺入道前関白太政大臣
1097-1164
わたのはら こぎ出でて見れば　久方の
雲居にまがふ　沖つ白波
詞花集

77 崇徳院
1119-1164
せをはやみ　岩にせかるる　滝川の
われても末に　逢はむとぞ思ふ
詞花集

78 源兼昌
生没年不明
あはぢしま　通ふ千鳥の　鳴く声に
幾夜寝覚めぬ　須磨の関守
金葉集

79 左京大夫顕輔
1090-1155
あきかぜに　たなびく雲の　絶え間より
もれ出づる月の　影のさやけさ
新古今集

80 待賢門院堀河
生没年不明
ながからむ　心も知らず　黒髪の
乱れて今朝は　ものをこそ思へ
千載集

81 後徳大寺左大臣
1139-1191
ほととぎす　鳴きつる方を　眺むれば
ただ有明の　月ぞ残れる
千載集

82 道因法師
1090- 没年不明
おもひわび　さても命は　あるものを
憂きに堪へぬは　涙なりけり
千載集

83 皇太后宮大夫俊成
1114-1204
よのなかよ　道こそなけれ　思ひ入る
山の奥にも　鹿ぞ鳴くなる
千載集

84 藤原清輔朝臣
1104-1177
ながらへば　またこのごろや　しのばれむ
憂しと見し世ぞ　今は恋しき
新古今集

ば暮るるものとは知りながら」は、夜が明けてしまえば、やがて必ず日は暮れることは（そうすれば、あなたにまた逢えるということも）わかっているのに。「なほ恨めしき朝ぼらけかな」は、それでもやはり、（あなたのもとを去って、帰っていかなければならない）明け方はうらめしい。藤原道信は、藤原為光の息子で、**45**の謙徳公の孫にあたる。『大鏡』に「いみじき和歌の上手」と書かれたように、和歌の才能に恵まれ、将来を嘱望されていたが、病によって二十代で夭逝した。

53 当時の結婚は一夫多妻制で、夫が妻のもとに行く通い婚であった。『拾遺集』の詞書には、久しぶりに夫の藤原兼家が作者のもとを訪れたとき、門をなかなか開けなかったところ、夫が「待ち疲れた」といったので、この歌を詠んだとある。さらに、作者が記した『蜻蛉日記』には、夫が別の女のところに通いはじめたのを知り、夫が来ても門を開けず、翌朝、しおれた菊を添えて、この歌を贈ったと書かれている。「ひとり寝る夜の明くる間は」は、ひとり孤独に寝る夜が明けるまでの間は。「いかに久しきものとかは知る」は、どれだけ長いかわかりますか、いいえ、わからないでしょうね。作者は藤原兼家の妻のひとりで、道綱をもうけた。

54 この歌は、後に作者の夫となる藤原道隆との恋愛がはじまったばかりのころに詠まれた。「忘れじの」は、いつまでもあなたを忘れないという男の言葉。「ゆく末まではかたければ」は、この先いつまでも変わらないことは難しいでしょう。「今日を限りの命ともがな」は、（いつまでもあなたを忘れないと言ってくれた）今日の今ここで、命が終わってしまえばいいのに。作者は藤原道隆の妻で、名前を貴子といった。藤原伊周（これちか。儀同三司は伊周の異名）や、一条天皇の后となった定子を産んだ。夫の死後、出家したが、晩年は不遇だったという。

55 かつて嵯峨天皇の離宮であった、大覚寺を訪れたときに詠まれた歌である。その庭園には美しいことで有名な滝が流れていたが、この歌が詠まれたころには滝の水は涸れていた。「名こそ流れてなほ聞こえけれ」は、その名声は流れ伝わって、今でも聞こえてくることだ。大納言公任とは藤原公任のことで、**64**の藤原定頼の父にあたる。博識多才の人物で、漢詩・和歌・管弦の三つの才能を兼ね備えていることをあらわす「三舟の才」は、『大鏡』に登場する公任のエピソードに由来する。『和漢朗詠集』の撰者でもある。

56 死を覚悟した病の床で、「あの世に持っていく思い出として、もう一度だけあなたに逢いたい」と詠んだ歌である。和泉式部は、三十六歌仙のひとり。「華やかな自由恋愛のチャンピオン」と澁澤龍彦が称したように、奔放な恋多き女性としても知られる。最初の夫との結婚中に為尊親王と恋に落ち、夫とは離婚。そのことで和泉式部は父親の怒りをかい、親子の縁を切られてしまう。そして、為尊親王が若くして病死した一年後には、為尊親王の弟である敦道親王に愛され、さらに藤原保昌とも結婚した。『和泉式部日記』は、敦道親王との恋愛を綴ったもの。この歌が誰に向けて詠まれたかは、あきらかではない。

57 久しぶりに幼馴染の女性と会ったが、ほんの少ししか時間がとれず、あわただしく帰ってしまった。その様子を、すぐに雲間に隠れてしまう月になぞらえて詠んだ歌である。「めぐり逢ひて」は、友とめぐり逢うという意味とともに、月がめぐるという意味もこめられている。「見しやそれともわかぬ間に」は、はっきりとあなただと確かめる余裕もなく。「夜半の月」は、夜更けの月。漢学者の父を持ち、名家に育った紫式部は、夫に先立たれた後に一条天皇の中宮彰子に仕え、そのかたわら『源氏物語』や『紫式部日記』を記した。**58**の大弐三位の母である。

58 疎遠になっていた男性からの、「あなたが心変わりしたのではないか不安です」という手紙に返して詠んだ歌である。「有馬山」は、現在の兵庫県神戸市の有馬温泉付近の山。「猪名の笹原」は、有馬山の近くを流れる猪名川周辺の笹原。「いでそよ人を」の「そよ」は、「そよそよ」という笹の葉音と、「そうですね」という意味をかけている。「人」は相手の男性のこと。「忘れやはする」は、どうして忘れることができるでしょうか。大弐三位とは、紫式部の娘の藤原賢子のこと。母親と同じく一条天皇の中宮彰子に仕えた後、後冷泉院の乳母となった。

59 この歌は、恋人に待ちぼうけをくらった作者の姉妹（姉か妹かは不明）の代わりに詠んだものである。「やすらはで寝なましものを」は、（最初から来ないとわかっていたのなら）ためらわずに寝てしまったのに。「さ夜更けて」の「さ」は接頭語で、（あなたを待ちながら）夜が更けて。「傾くまでの月を見しかな」は、西に傾く月を見てしまった。ちなみに、この歌を贈られたのは、後に**54**の儀同三司母の夫となる藤原道隆である。赤染衛門は、平安時代中期に活躍した歌人で、和泉式部と並び称される。**73**の権中納言匡房の曾祖母にあたる。

60 小式部内侍は和泉式部の娘で、幼いころから優れた和歌を詠み、母親が代作しているのではないかという噂がたつほどだった。ある日、小式部内侍は歌会に招かれたが、そのとき和泉式部は丹後にいて不在であった。同じ歌合に招かれていた藤原定頼（**64**）は、「お母様に手紙を出さなくても大丈夫ですか」と、皮肉をいった。この歌は、それに対して即興で詠んだもので、歌枕や掛詞を巧みに駆使して、「天の橋立には行ったこともないし、母からの手紙も見ていません」と、見事な歌で噂は間違いだと証明してみせた。じつは、小式部内侍と藤原定頼は恋人同士で、代作の疑いを晴らすために、定頼がわざと悪役を買って出たのではないかという説もある。

61 一条天皇のもとに、奈良から八重桜が献上された。当時、献上品を受け取るのは、一条天皇の中宮彰子に女房として仕えていた紫式部の役目であったが、紫式部はその大役をまだ宮中にあがったばかりの作者に譲った。この歌は、その場に居合わせた中宮彰子の父である藤原道長に「一首詠むように」といわれ、八重桜に添えて即興で詠んだものである。「九重」とは、宮中のこと。昔、中国で王城を九重の門で囲ったことから、こう呼ばれる。「八重」「九重」と数字を重ねることによって、「よりいっそう」という意味もふくませている。伊勢大輔は、**49**の大中臣能宣朝臣の孫で、中宮彰子に仕えた。

62 ある夜、旧知の仲である作者と藤原行成は、夜更けまで語り合っていたが、行成が先に帰った。翌日、「昨夜は鶏の鳴き声にせきたてられて帰ったが、名残惜しい」と文をよこしてきたので、「それは函谷関（かんこくかん）を開けたという、孟嘗君（もうしょうくん）の鳴き真似の声かしら」と、中国の故事をふまえて返すと、行成は「函谷関ではなくて、あなたに逢いたい逢坂の関ですよ」といったので、清少納言はこの歌を詠んだという。恋の歌のようなふりをしながら、お互いに言葉遊びのやりとりを楽しむなかで詠まれたのだろう、機知に富んだ一首である。『枕草子』の作者として有名な清少納言は、**42**の清原元輔の娘で、**36**の清原深養父の曾孫。一条天皇の中宮定子に仕えた。

63 作者の藤原道雅は、**68**の三条天皇の娘で、伊勢神宮の斎宮を務めて宮廷に戻った当子のもとに密かに通うようになった。それを知った天皇は激怒し、当子に見張りの女房をつけて、道雅とは二度と逢えないようにしてしまう。「今はただ」の「今」は、あなたに会えなくなった今となっては。「思ひ絶えなむとばかりを」は、あなたのことをあきらめますということだけでも。「人づてならでいふよしもがな」は、人に託すのではなく、直接会って言う方法があればいいのだが。天皇に咎められた道雅は出世に恵まれず、その後は不遇の人生を送ったという。

64 冬の朝、たちこめていた霧が少しずつ晴れてゆく宇治川の光景を詠んだ歌である。宇治川は京都の南部を流れる川。『源氏物語』の宇治十帖の舞台となった場所であり、この時代の和歌に霧とともによく詠まれた。「あらはれわたる」は、霧の間から現れてくる。「瀬」は川の浅瀬のこと。「網代」とは、鮎の稚魚をとるために竹や木を編んだ仕掛けのことで、この仕掛けを固定するために川に打った杭を「網代木」という。網代木が宇治川に浮かぶ様子は、冬の風物詩であった。作者の藤原定頼は、**55**の藤原公任の息子で、**60**の小式部内侍とのエピソードでも有名である。

65 この歌は、歌合の席で披露されたもので、このとき作者は五十歳をこえており、実際の恋を詠んだものではないといわれている。「恨みわび」は、あなたのことを恨む気力も失って。「ほさぬ袖だに」は、涙で乾くひまもない袖でさえも。「恋に朽ちなむ」は、恋のせいでだめになってしまうという意味で、涙で袖がぼろぼろになってしまうことと、自分の評判が落ちてしまうことの両方をあらわしている。相模は、一条天皇の娘である脩子内親王に仕え、紫式部などと並ぶ歌人として高く評価された。**64**の藤原定頼と恋愛関係にあったことでも知られる。

66 詞書には、「大峰にて思ひがけず桜の花を見て詠める」とある。「大峰」とは、現在の奈良県の南部にある大峰山のことで、修験道の霊場として知られる。「もろともに」は、（お前も私と）一緒に。「あはれと思へ山桜」は、山桜を擬人化して、しみじみと愛おしいと思っておくれと語りかけている。「花よりほかに」の「花」は山桜のことで、花であるお前のほかには。「知る人もなし」は、心を通わせることのできる相手はいないのだから。大僧正行尊は、**68**の三条天皇の曾孫。十代で出家して、修験者として熊野などで修行を積んだ。

67 ある春の夜、宮中の女房たちが楽しく語り合っていた。話しつかれた作者が「枕がほしいわ」とつぶやくと、それを御簾（みす）ごしに聞いていた藤原忠家が、「これをお使いなさい」と、御簾の下からふざけて自分の腕を差し入れてきた。ふたりは冗談を言い合える、親しい間柄だったのだろう。作者はこの歌を返して、やんわりと断ったのである。「春の夜の夢ばかりなる」は、短い春の夢のようにはかない。「手枕」は腕を枕にすること。「かひなく」はつまらないという意味で、「腕（かひな）」をかけている。周防内侍は、周防守平棟仲の娘で、本名を仲子（ちゅうし）という。後冷泉天皇などに仕えた。

68 『後拾遺集』の詞書には、「病気で退位を決意されたとき、明るく輝く月を見て」とある。「心にもあらでうき世にながらへば」は、本当は死んでしまいたいくらいだが、心ならずも生きながらえたならば。三条院は、三十六歳で天皇になるが、わずか五年の在位中に二度も御所が火災壇で活躍した人物で、三十六歌仙のひとり。琴の名手であったとも伝えられる。

35 『古今集』には、以下のような長い詞書がある。以前は、奈良の長谷寺に詣でるたびに泊まっていた宿を、久しぶりに訪れてみた。すると、その宿の主人は、ずいぶん足が遠のいていたことを皮肉まじりにとがめた。そこで、とっさに庭に咲く梅の枝を折り、この歌を詠んで、梅の枝を添えて主人に渡した。「人はいさ」の「人」は主人、「いさ」は「さあどうだか」という意味。宿の主人は、かつて関係があった女性ではないかとする説もある。紀貫之は、三十六歌仙のひとりで、『古今集』の代表的撰者。日本初の日記文学といわれる、『土佐日記』の作者でもある。

36 清原深養父は、**42** の清原元輔の祖父、**62** の清少納言の曾祖父にあたる。琴の名手で、晩年は京都の大原あたりに補陀洛寺（ふだらくじ）を建て、そこに住んだといわれる。『古今集』の詞書には、「月の面白かりける夜、あかつきがたによめる」とある。「まだ宵ながら明けぬるを」は、夜ははじまったばかりだと思っていたのに、もう明けてしまった。「雲のいづこに月宿るらむ」は、いったい雲のどのあたりに月は宿をとっているのだろうか。こんなに速く夜が過ぎ去ってしまっては、月も追いつけないだろうと、擬人法を用いて夏の夜の短さを詠んでいる。

37 文屋朝康は、**22** の文屋康秀の息子。あまり高い官職には就けなかったが、歌の才能は認められ、多くの歌合に参加したといわれている。この歌は、草の上に光る水滴が風に吹き飛ばされる様子を、紐を通していない首飾りの宝石にたとえた歌である。「風の吹きしく」は、風が繰りかえし吹くという意味。「玉」は真珠とする説と、水晶とする説がある。水滴のきらめきを宝石に見立てる感覚は、「黄昏のビギン」（作詞・永六輔）の「濡れたブラウス　胸元に　雨のしずくか　ネックレス　こきざみに　ふるえていた」というフレーズにも引き継がれている。

38 醍醐天皇の皇后穏子（おんし）に仕えた右近は、恋多き女性としても知られる。この歌は、**43** の藤原敦忠に宛てたものだといわれている。「身をば」の「身」は、作者自身の身の上。「思はず」は、気にしない。「誓ひてし」は、（永遠に心変わりはしないと）神に約束したという意味。「人の命の」の「人」は相手の男のことで、二句の「身」と対照させている。誓いを破って、男は心変わりをした。忘れられていく自分のことはかまわないけれど、（神の罰で奪われてしまうかもしれない）あなたの命は惜しまれます、と皮肉まじりに相手のことを案じているのである。

39 参議等とは、源等のことで、嵯峨天皇の曾孫にあたる。「浅茅生の小野の篠原」は、「篠原」の「しの」と「しのぶれど」の「しの」が同音で、「しのぶ」を引きだすための序詞。「浅茅生」は、丈の低い茅が生い茂っている野。「小野の篠原」は、細い竹が生えている野原のこと。「あまりて」は、おさえきれないで。「人の恋しき」の「人」は、相手の女性をさす。「今までずっと隠していたけれど、もう隠しきれずに、どうしてこんなに恋しいのだろうか」と、おさえきれない恋心の高まりを歌っている。

40 平兼盛は、光孝天皇の曾孫篤行王の三男で、臣籍に下って平姓を名乗った。三十六歌仙のひとりである。この歌は、村上天皇によって行われた歌合で「忍ぶ恋」を題に、**41** の「恋すてふ……」と対して詠まれた。「しのぶれど」は、誰にも知られないように隠してきたけれど。「色に出でにけり」の「色」は、顔色や態度のこと。「ものや思ふと」は、恋に悩んでいるのではないかと。「人の問ふまで」の「人」は、一般にはまわりの人と解釈されるが、ほかならぬ「思う相手」のことではないかという、高橋睦郎の指摘には、はっとさせられる。

41 **40** の歌とともに、歌合で詠まれた一首。どちらの歌も甲乙つけがたく、判者の藤原実頼が天皇にうかがったところ、天皇が「しのぶれど」と口ずさんだので、この歌は負けてしまった。敗れた作者は、落胆のあまり食欲がなくなり、ついには死んでしまったという伝説が残る。「恋すてふ」は、恋をしているという。「わが名はまだき立ちにけり」は、私の噂が早くも広まってしまった。「人知れずこそ思ひそめしか」は、人に知られないように思いはじめたばかりだというのに。壬生忠見は、**30** の壬生忠岑の息子で、三十六歌仙のひとり。あまり高い身分ではなく、歌合にも粗末な装束であらわれたという。

42 清原元輔は、**62** の清少納言の父で、**36** の清原深養父の孫にあたる。三十六歌仙のひとりで、『後撰集』の編纂にもたずさわった。詞書には、「心かはりて侍りける女、人に代はりて」詠んだとある。「契りきな」は、誓ったではないか。「かたみに袖をしぼりつつ」は、おたがいに涙で濡れた袖をしぼりながら。「末の松山」は歌枕で、現在の宮城県多賀城市付近にあったとされる松林。ここでは、不変のものをあらわすために使われている。中勘助は『銀の匙』の中で、「末の松山のうたは私の耳にいいしらぬ柔なものさびしい響きをつたえて、かるたの絵には松の浜に美しく波がよせていた」と書いている。

43 当時の貴族の男女は、実際に会うまでに何度も歌や手紙のやりとりをした。この歌は、念願叶ってはじめて恋しい女性と一夜をともにした後に、「今のせつない気持ちにくらべたら、会う前の恋の悩みなど、取るに足らないものだった」と、いっそう深まる恋心を詠んだものである。作者の藤原敦忠は、三十六歌仙のひとり。容姿端麗な恋多き貴公子としても知られ、数多くいた恋人のひとりが、敦忠に宛てて **38** の歌を詠んだとされる右近である。敦忠は三十八歳で亡くなってしまうが、それは右近との「誓ひ」を破った罰だとも噂されたという。

44 **40**、**41** とおなじ天徳内裏歌合で詠まれた一首である。作者の藤原朝忠は、**25** の三条右大臣定方の息子で、三十六歌仙のひとり。この歌合では、六勝一敗という好成績を残した。「逢ふことの絶えてしなくは」は、もしもまったく逢うことがないのなら。「なかなかに」は、かえって。「人をも身をも」の「人」は相手の女性、「身」は自分のことをさす。「恨みざらまし」は、恨むこともないだろうに。いっそ絶対に会えないならば気持ちは楽なのに、もしかしたら会えるかもしれないという期待も捨てきれずに苦しむ、複雑な心境を詠んだ恋の歌である。

45 謙徳公とは、死後に贈られた諡（おくりな）で、生前の名前は藤原伊尹。**26** の貞信公忠平の孫で、**50** の藤原義孝の父にあたる。「あはれともいふべき人」は、かわいそうだと言ってくれるはずの人。「思ほえで」は、思い当たらないで。「身のいたづらに」の「いたづら」は、はかなくとか無駄にという意味で、（あなたのことを思いながら）私はむなしく死んでいくのでしょうか。一度は愛し合ったのに、冷たい態度をとられ、ついには会えなくなってしまった女性に向けて詠んだ歌である。

46 曾禰好忠は、十世紀後半の人で、歌の才能は高く評価されたが、偏屈な性格で奇行も多く、社会的には不遇だったという。「由良の門」とは、現在の京都府宮津市を流れる由良川が海と接する河口で、流れがはげしい場所。「かぢを絶え」は、船をあやつる櫂をなくして。「恋の道」は、これからの恋のなりゆきという意味。行方もわからずに漂う船の姿を、みずからの不安な恋の行方に重ねた歌である。どことなく、「ああ　時の河を渡る船に　オールはない　流されてく」という、「Woman“Wの悲劇”より」（作詞・松本隆）の歌詞も連想させる。

47 『拾遺集』の詞書には、「河原院にて、荒れたる宿に秋来るといふ心を人々よみ侍りけるに」とある。河原院とは、**14** の源融が建てた豪奢な邸宅のことで、この歌が詠まれた頃には荒れ果てていた。「八重むぐら」の「葎（むぐら）」は、つる状の雑草の総称で、荒れた庭や住居をあらわすときに用いる。「八重」は幾重にも重なること。「宿」は和歌独特の言い回しで、家を意味する。「人こそ見えね」は、訪れる人は見えないが。恵慶法師は十世紀頃の人で、播磨国（兵庫県）の国分寺の高僧だったといわれている。

48 どんな高波にも微動だにしない岩を相手の女性に、岩に打ち当たって砕ける波を自分の姿に重ね、一方通行の恋の苦しさを詠んだ歌である。「風をいたみ」は、風がはげしいので。「岩うつ波の」は、岩に打ち当たる波のという意味で、ここまでが序詞。「おのれのみ」は、自分だけ。「くだけて」は、岩にぶつかって砕ける波と、振り向いてくれない相手に心を砕いて思い悩む自分という、ふたつの意味をかけている。源重之は、清和天皇の曾孫で三十六歌仙のひとり。冷泉天皇の時代に活躍した人物で、地方官を歴任し全国を巡ったという。

49 夜は赤々と燃え、昼には消えるかがり火の炎と、夜は恋の炎に身を焦がし、昼は意気消沈して思い悩む自分の姿を重ねて詠んだ歌である。「御垣守（みかきもり）」は、宮中の門を警護する人のこと。「衛士（えじ）」は、宮中の警備にあたるために諸国から交代で都へ仕えた兵士。御垣守である衛士は、夜になると火を焚いて宮中の門を守った。「ものをこそ思へ」は、恋をしてもの思いにふけるという意味である。伊勢神宮の神職の家柄に生まれた大中臣能宣は、**61** の伊勢大輔の祖父で、三十六歌仙のひとり。『後撰集』の編纂にもあたった。

50 詞書には、「女のもとより帰りてつかはしける」とある。恋が成就して一夜を過ごした後に、相手の女性にしたためて送った後朝（きぬぎぬ）の歌である。（逢瀬がかなう前は）あなたのためなら惜しくはないと思っていたこの命でさえも、（結ばれた今となっては、あなたに逢うために）少しでも長くありたいと願うようになったと、恋の歓びを告げている。藤原義孝は、**45** の謙徳公の息子。絶世の美男子で、諸芸に優れ、人柄もよかったと伝えられるが、疱瘡（天然痘）にかかり、わずか二十一歳の若さでこの世を去った。

51 掛詞や縁語を駆使して、初恋の相手への密かに燃えあがる恋心を詠んだ歌である。「かくとだに」は、こんなふうに（思っていること）だけでも。「えやはいぶきの」は、「言ふ」と「伊吹」の掛詞。「えやは言ふ」は、言うことができるだろうか、いやできないという意味。伊吹山は岐阜県と滋賀県の境にある山で、よもぎの産地。「さしも草」はよもぎのことで、お灸に用いるもぐさの原料になる。「燃ゆる思ひを」の「ひ」は「火」の掛詞で、さらに「燃ゆる」と「火」は「さしも草」の縁語である。藤原実方は、**26** の貞信公の曾孫で、一時、清少納言と恋愛関係にあったといわれる。

52 恋する女性とのしばしの別れを惜しむ、後朝（きぬぎぬ）の歌である。「明けぬれ

あけぬれば　暮るるものとは　知りながら
なほ恨めしき　朝ぼらけかな
後拾遺集

53 右大将道綱母
935 頃 -995
なげきつつ　ひとり寝る夜の　明くる間は
いかに久しき　ものとかは知る
拾遺集

54 儀同三司母
生没年不明
わすれじの　ゆく末までは　かたければ
今日を限りの　命ともがな
新古今集

55 大納言公任
966-1041
たきの音は　絶えて久しく　なりぬれど
名こそ流れて　なほ聞こえけれ
千載集

56 和泉式部
生没年不明
あらざらむ　この世のほかの　思ひ出に
今ひとたびの　逢ふこともがな
後拾遺集

57 紫式部
生没年不明
めぐり逢ひて　見しやそれとも　わかぬ間に
雲がくれにし　夜半の月かな
新古今集

58 大弐三位
999- 没年不明
ありまやま　猪名の笹原　風吹けば
いでそよ人を　忘れやはする
後拾遺集

59 赤染衛門
生没年不明
やすらはで　寝なましものを　さ夜更けて
傾くまでの　月を見しかな
後拾遺集

60 小式部内侍
生年不明 -1025
おほえやま　いく野の道の　遠ければ
まだふみも見ず　天の橋立
金葉集

61 伊勢大輔
生没年不明
いにしへの　奈良の都の　八重桜
けふ九重に　にほひぬるかな
詞花集

62 清少納言
生没年不明
よをこめて　鳥の空音は　はかるとも
よに逢坂の　関はゆるさじ
後拾遺集

63 左京大夫道雅
993-1054
いまはただ　思ひ絶えなむ　とばかりを
人づてならで　いふよしもがな
後拾遺集

64 権中納言定頼
995-1045
あさぼらけ うぢの川霧　たえだえに
あらはれわたる　瀬々の網代木
千載集

65 相模
生没年不明
うらみわび　ほさぬ袖だに　あるものを
恋に朽ちなむ　名こそ惜しけれ
後拾遺集

66 大僧正行尊
1055-1135
もろともに　あはれと思へ　山桜
花よりほかに　知る人もなし
金葉集

67 周防内侍
生没年不明
はるの夜の　夢ばかりなる　手枕に
かひなく立たむ　名こそ惜しけれ
千載集

68 三条院
976-1017
こころにも　あらでうき世に　ながらへば
恋しかるべき　夜半の月かな
後拾遺集

ゆくへも知らぬ　恋の道かな
新古今集

35 紀貫之
生年不明 -945
ひとはいさ　心も知らず　ふるさとは
花ぞ昔の　香ににほひける
古今集

36 清原深養父
生没年不明
なつの夜は　まだ宵ながら　明けぬるを
雲のいづこに　月宿るらむ
古今集

37 文屋朝康
生没年不明
しらつゆに　風の吹きしく　秋の野は
つらぬきとめぬ　玉ぞ散りける
後撰集

38 右近
生没年不明
わすらるる　身をば思はず　誓ひてし
人の命の　惜しくもあるかな
拾遺集

39 参議等
880-951
あさぢふの　小野の篠原　しのぶれど
あまりてなどか　人の恋しき
後撰集

40 平兼盛
生年不明 -990
しのぶれど　色に出でにけり　わが恋は
ものや思ふと　人の問ふまで
拾遺集

41 壬生忠見
生没年不明
こひすてふ　わが名はまだき　立ちにけり
人知れずこそ　思ひそめしか
拾遺集

42 清原元輔
908-990
ちぎりきな　かたみに袖を　しぼりつつ
末の松山　浪越さじとは
後拾遺集

43 権中納言敦忠
906-943
あひ見ての　のちの心に　くらぶれば
昔はものを　思はざりけり
拾遺集

44 中納言朝忠
910-966
あふことの　絶えてしなくは　なかなかに
人をも身をも　恨みざらまし
拾遺集

45 謙徳公
924-972
あはれとも　いふべき人は　思ほえで
身のいたづらに　なりぬべきかな
拾遺集

46 曾禰好忠
生没年不明
ゆらの門を　渡る舟人　かぢを絶え

47 恵慶法師
生没年不明
やへむぐら　しげれる宿の　さびしきに
人こそ見えね　秋は来にけり
拾遺集

48 源重之
生年不明 -1000 頃
かぜをいたみ　岩うつ波の　おのれのみ
くだけてものを　思ふころかな
詞花集

49 大中臣能宣朝臣
921-991
みかきもり　衛士のたく火の　夜は燃え
昼は消えつつ　ものをこそ思へ
詞花集

50 藤原義孝
954-974
きみがため をしからざりし　命さへ
ながくもがなと　思ひけるかな
後拾遺集

51 藤原実方朝臣
生年不明 -998
かくとだに　えやはいぶきの　さしも草
さしも知らじな　燃ゆる思ひを
後拾遺集

52 藤原道信朝臣
972-994

在原業平との恋を引き裂かれた藤原高子である。『伊勢物語』には、高子の兄たちによって高子のもとに通うのを阻止された業平が、高子を背負って駆け落ちをしたが、追っ手に連れ戻されるという場面がある。「ちはやぶる」は、「神」の枕詞で、勢いのはげしさもあらわす。「神代も聞かず」は、(不思議なことが多かった)神々の時代でも聞いたことがない。在原業平は、六歌仙、三十六歌仙のひとり。「色男」の代名詞にもなっている。

18 自由に振る舞えるはずの夢の中でさえ、どうしてあなたは現れてくれないのか、と嘆く歌である。この時代の恋愛は、男性が女性のもとへ通ったので、男である作者が、女の気持ちになって詠んだものではないかという説もある。「住の江」とは、現在の大阪市住吉区にある海岸。「よる」は、「寄る」と「夜」をかけている。「夢の通ひ路」は、夢で相手に逢うために通う道。「人目よくらむ」は、人目を避けるのだろうか。藤原敏行は、三十六歌仙のひとりで、書の名手としても知られる。有名な「秋来ぬと目にはさやかに見えねども風の音にぞおどろかれぬる」も、敏行作である。

19 平安前期を代表する歌人で、恋多き女性としても知られる。宇多天皇の中宮温子(おんし)に仕え、温子の兄である藤原仲平と恋に落ちるが、破局してしまう。この歌は、仲平に宛てたものだともいわれる。「難波潟」は大阪湾の入江付近で、かつては葦が生えていたという。「ふしの間も」は、ほんの短い間も。「逢はでこの世を過ぐしてよとや」は、あなたに逢うことなく、この人生を過ごせというのですか。その後も伊勢は、仲平の兄である時平、温子の夫である宇多天皇、宇多天皇の皇子である敦慶(あつよし)親王など、次々と恋愛を重ねた。

20 元良親王は、**13** の陽成院の息子で、色好みの美男子としても有名である。この歌は、時の宇多天皇の皇后のひとり、京極御息所(きょうごくのみやすどころ)との密通が噂になったときに詠まれた。「侘びぬれば」は、悩み苦しんでいるので。「難波」は大阪湾近辺のこと。船の往来のために打たれた杭の「澪標」と、「身を尽くし」(身を終わらす、滅ぼす)をかけて、「命がけでも、あなたに会いたい」と、はげしい思いを歌にこめた。今でいうと、不倫発覚後に発表されたコメントということになるのかもしれないが、近頃の政治家や有名人とは雲泥の差である。

21 素性法師は、**12** の僧正遍昭の息子で、三十六歌仙のひとり。この歌は、作者が女性の立場になって、恋人を待ちつづける気持ちを、皮肉をこめつつも、恨みの感情まではあらわさずに詠んだものである。「今来むといひしばかりに」は、すぐ行くとあなたが言ったものだから。「長月」は陰暦の九月。現在の暦では、九月の下旬から十一月の上旬くらいにあたる。「有明の月」は、陰暦十六日以降の明け方に残っている月。森茉莉は、「百人一首と私の少女時代」という随筆で、「待ち出づるかな」ではなく、「待ち出でつるかな」が正しいと、父の森鷗外が幼い茉莉に教えた記憶を綴っている。

22 『古今集』の詞書には、「これさだのみこの家の歌合の歌」とある。歌合とは、左右に分かれた歌人が出されたお題でそれぞれ歌を詠み、その出来ばえを競うというもの。この歌には、言葉遊びの要素が巧みに取り入れられており、「嵐」と「荒らし」をかけると同時に、山と風で「嵐」という漢字になることもいっている。おそらく、歌合の判者(審判役)も、「むべ」(なるほど)と膝をうったことだろう。文屋康秀は平安初期の人で、六歌仙のひとり。三河(愛知県)の地方官の任を受け、都を離れるときに、小野小町を誘ったことでも有名である。

23 この歌も、**22** とおなじ是貞親王の歌合のときに詠まれたものである。やはり、さまざまな技法が凝らされており、「月」と「わが身」、「千」と「ひとつ」を対応させて、漢詩の対句の技法を用い、さらに「燕子楼中霜月夜　秋来只為一人長(えんしろうちゅうそうげつのよる　あききたってただひとりのためにながし)」という、白楽天の漢詩も踏まえている。「わが身ひとつの秋にはあらねど」は、自分ひとりだけの秋ではないのだけれど。秋を物悲しく感じると詠んだ歌には、漢詩の影響があるといわれる。漢文学者としても知られる大江千里は、宇多天皇のころの人で、**16** の在原行平と **17** の在原業平の甥にあたる。

24 菅家とは、学問の神様として知られる菅原道真のこと。この歌は、宇多上皇(朱雀院)のお供をして、吉野の宮滝に行ったときに詠まれたものである。「このたび」は、「この度」と「この旅」をかけている。「幣(ぬさ)」とは、色とりどりの木綿や絹などの布を小さく切ったもので、これを神に捧げて、旅の安全を祈ったという。「とりあへず」は用意するひまがなく。「手向山」は、固有名詞ではなく、神に手向けをする山という意。「神のまにまに」は、神の御心のままに。「幣のかわりにこの美しい紅葉を捧げましょう」と、紅葉を幣に見立てて詠んだ歌である。

25 詞書には、「女につかわしける」(女に送った歌)とだけあり、人目を忍ぶ恋を詠んだ歌であると思われる。「逢坂山」と「逢ふ」、「さねかづら」と「さ寝」(一緒に寝る)、「来る」と「繰る」(たぐりよせる)という、三つの掛詞をちりばめて、「誰にも気づかれずに、あの人に会える手だてがあったらいいのになあ」という、ため息まじりのせつない嘆きを表現している。さねかずらはつる性の植物で、可愛らしい赤い実をつける。樹液は男性の整髪料としても用いられ、「美男葛」ともいわれたという。三条右大臣とは、藤原定方のこと。京都の三条に邸宅があったことから、こう呼ばれた。

26 宇多上皇が晩秋の大堰川に行かれたとき、小倉山の紅葉があまりに見事だったので、息子の醍醐天皇にも見せたいとおっしゃった。この歌は、作者がこの上皇の言葉を代弁して、天皇に伝えるために詠んだ一首である。「みゆき」とは、天皇の外出や旅を意味する行幸のことで、天皇以外の皇族の場合は御幸とあらわす。紅葉を擬人化して呼びかけることによって、その美しさがいっそうきわだつ。貞信公こと藤原忠平は、藤原氏が栄える基盤をつくった人物である。後に **97** の藤原定家は、小倉山のふもとに別荘を構えた。そこで百人一首を選んだので、「小倉百人一首」と呼ばれるのである。

27 ほんの一瞬、かいま見ただけの相手を思う、「逢わざる恋」を詠んだ歌である。「みかの原」は、現在の京都府相楽郡の木津川の北側一帯。「泉川」は木津川のこと。「わきて」は「分きて」と「湧きて」の掛詞で、ふたりの距離が隔たっていることと、思いが泉のようにあふれていることの両方をあらわす。平安時代、位の高い女性は、いつも邸の中の御簾(みす)のむこうにいたので、このような恋も成立したのだろう。中納言兼輔(藤原兼輔)は、三十六歌仙のひとりで、当時の歌壇の中心的人物。紫式部の曾祖父にあたる。

28 寂れた山里の、冬の孤独を詠んだ歌である。「山里」は、「都」に対しての言葉で、京都から少し離れた山のふもとあたりをさす。「人目」とは、人々の往来という意味。「離(か)れ」ると「枯れ」るをかけて、人が訪れなくなった心の空しさと、草木が枯れた寂寞とした風景を重ねている。源宗于朝臣は、**15** の光孝天皇の孫で、父親は是忠親王。臣籍降下(皇族の男子が姓を授けられ、皇族から臣下になること)により、源姓を名乗った。三十六歌仙のひとりで、紀貫之や伊勢などとも交流があったといわれる。

29 「心あてに」は、あてずっぽうに。「折らばや折らむ」は、折るなら折ってみようか。「置きまどはせる」の「置き」は、(初霜が)降りて。「まどはせる」は、(霜も菊も白なので)どちらがどちらなのか、見分けがつかないという意味。初霜が降りた朝の、幻想的な光景を詠んだ歌である。凡河内躬恒は、生没年は不詳だが、九世紀後半ころから活躍した歌人である。**35** の紀貫之とも親交が深く、『古今集』の撰者のひとり。三十六歌仙のひとりにも選ばれた。

30 この時代の恋愛のかたちは、夜になると男が女のもとに通い、明け方に帰っていくというものであった。そして、ともに一夜を過ごしたふたりが別れることを、後朝(きぬぎぬ)の別れという。この歌の「別れ」も、後朝の別れである。「有明」とは、まだ月が空に残っているうちに夜が明けること。「つれなく見えし」は、よそよそしく見えるという意味で、素っ気なかったのは月とする説と、女とするふたつの説がある。壬生忠岑は、三十六歌仙のひとりで、『古今集』の撰者にも加わった。**41** の壬生忠見の父にあたる。

31 坂上是則は、蝦夷征伐を行ったことで知られる坂上田村麻呂の子孫で、三十六歌仙のひとり。蹴鞠の名手であったとも伝えられる。『古今集』の詞書には、奈良に向かう旅先で、雪が降るのを見て詠んだとある。ほのかな雪あかりを、明け方に消え残る月の細い光に見立てた歌である。「朝ぼらけ」は、ほのぼのと夜が明けるころ。「吉野」は大和国(現在の奈良県)南部を指す地名で、吉野山は桜の名所としても有名である。「降れる白雪」は体言止めで、現在も雪が降りつづいていることをあらわす。

32 『古今集』の詞書には、「志賀(滋賀)の山越えにて詠める」とある。山あいの静かな清流、その水面に散り落ちた、美しい紅葉をしがらみに見立て、それは風がつくったものだと、擬人法を用いて詠んでいる。「しがらみ」とは、川の流れをせきとめるための柵のようなもの。「流れもあへぬ」は、流れようとしても流れずにいるという意味である。春道列樹は、平安時代前期の官人。詳しい経歴は不明だが、歌人としては、『古今集』に三首、『後撰集』に二首が選ばれている。

33 百人一首で「光」という言葉が詠みこまれた、唯一の歌である。「久方の」は、(日の)「光」にかかる枕詞。「静心(しづこころ)」は、落ち着いた心。上三句で春の静かでおだやかな光景が示されるのに対して、下二句では、花に心があるように擬人化して、慌ただしく散り急ぐ動のイメージへと展開する。繰り返される「ひ」と「の」の響きが心地よく、調子の美しさも特徴である。紀友則は、**35** の紀貫之の従兄弟で、三十六歌仙のひとり。『古今集』の撰者にも加わるが、完成前にこの世を去ったという。

34 年老いた自分の姿を、老木の松に重ねて詠んだ歌である。松は長寿を象徴する縁起ものとして詠まれることが多いが、この歌はそうではない。「誰をかも知る人にせむ」は、(年老いた私は)誰を長年の友としようか。「高砂」は、現在の兵庫県高砂市で、松の名所として知られ、多くの和歌に詠まれている歌枕でもある。「松も昔の友ならなくに」は、松の老木でさえ、昔からの友だちではないのだから。藤原興風は、宇多天皇の歌

1 即位前の名は中大兄皇子で、中臣鎌足とともに大化の改新を行った。この歌には、『万葉集』に「秋田苅る仮庵を作り我が居れば衣手寒く霜ぞ置きにける」というよみ人知らずの原歌があり、口伝で流布するうちにかたちを変え、いつしか天皇の歌とされたと考えられている。「かりほの庵」は、農作業のためにつくられた仮設の小屋。「苫（とま）」は、菅や茅などを編んでつくった屋根や覆いのこと。「あらみ」は粗いので。「露にぬれつつ」は、夜露に濡れつづけている。百人一首で唯一、農民の姿を詠んだ歌である。

2 持統天皇は、**1**の天智天皇の娘で、天武天皇（大海人皇子、天智天皇の弟）の皇后。「春過ぎて夏来にけらし」は、いつのまにか春が過ぎて、夏が来たらしい。「白妙の衣干すてふ天の香具山」は、（昔から夏になると）白い衣を干すといわれている天の香具山に真っ白な布が干されているのだから。「白妙」は、樹木の繊維で織った白い布のことで、「衣」にかかる枕詞。「白妙の衣」は、神様に捧げる祈りの儀式に使われた布ではないかといわれている。「天の香具山」は、現在の奈良県橿原市にある。

3 「あしひきの」は、「山」にかかる枕詞。「山鳥」は、昼間は雄と雌がひとつところで過ごすが、夜になると谷をへだてて別々の峰に眠るといわれる。「しだり尾」は（雄の山鳥の）長く垂れ下がった尾のこと。「ひとりかも寝む」は、ひとり寂しく寝るのだなあ。柿本人麿は、万葉の時代を代表する伝説的な歌人で、平安時代中期に藤原公任が選んだ三十六歌仙のひとり。宮廷歌人であったといわれているが、その生涯はあきらかではない。人麿作と伝えられる歌もその真偽がさだかではないものが多く、この歌も『万葉集』には、よみ人知らずとして収められている。

4 この歌には、「田子の浦ゆうち出でて見れば真白にぞ富士の高嶺に雪は降りける」という、『万葉集』の原歌がある。結句を「雪は降りつつ」とすることで、「はるか遠方の富士に雪が降り続いている」と、余情を残す表現となっている。「田子の浦」は、現在の静岡県富士市の海岸。実際には田子の浦からこのような風景を見ることはできない。「白妙の」は真っ白なという意味で、「富士」や「雪」にかかる枕詞とする説もある。山部赤人は、奈良時代前期の宮廷歌人で、三十六歌仙のひとり。後に**3**の人麿とともに「歌聖」と称された。

5 猿丸大夫は、三十六歌仙のひとりに選ばれてはいるが、実在したかどうかさえもさだかではない伝説の歌人である。『猿丸集』という歌集はあるが、そのほとんどがもとは作者不明の歌で、『古今集』に収められたこの歌も、よみ人知らずとして出ている。「奥山」は、人里から離れた深い山の中。雄の鹿は、秋になると雌鹿を求めて鳴くといわれる。「紅葉」を「踏み分け」ているのは、人（作者）とする説もあるが、鹿と解釈するのが一般的のようである。「声聞く時ぞ秋は悲しき」は、鹿の鳴き声を聞くときはとくに、秋はかなしいものだと心に染みいることだ。

6 七月七日の夜、織姫を渡すために、かささぎの群れが翼を広げて、天の川に橋をつくる。「かささぎの渡せる橋」とは、この中国の七夕伝説にもとづく伝説の橋で、男女の仲をとりもつ橋にたとえられる。また、天上の橋を宮中の階（はし）になぞらえて、宮中を歌う場合にも用いられる。かささぎは、カラス科の鳥で、腹と肩と翼の先は白いが、それ以外は光沢のある黒い羽根におおわれている。「置く霜の白きを見れば」は、霜が白く降りたようすを見れば。中納言家持とは、大伴家持のこと。三十六歌仙のひとりで、『万葉集』の編纂にもたずさわったといわれている。

7 阿倍仲麿は、遣唐留学生として十代で唐に渡り、その才を認められて玄宗皇帝に仕え、三十五年もの歳月を彼の地で過ごした。この歌は、ようやく日本に帰れると出発した旅の途中で月を眺め、望郷の思いを詠んだものとされている。しかし、船は暴風雨で難破し、安南（ベトナム）に漂着してしまう。帰国をあきらめた仲麿はふたたび唐に戻り、そのまま七十二年の生涯を終えた。「天の原」は、大空という意味。「ふりさけ見れば」は、遠く見渡せば。「春日なる」の「春日」は奈良の地名で、春日にある。「三笠の山」は、奈良の春日大社後方にある山。

8 『古今和歌集』の序文に記された六歌仙のひとりであるが、宇治山に住んだ僧であったこと以外は、その生涯はまったく不明で、かくじつに喜撰の作であるという歌もこの一首のみである。「庵」とは、世捨て人や僧などが住む簡素な家のこと。「辰巳」は東南の方向。宇治山は都から東南の方向にある。「しかぞ住む」は「然ぞ」（このように）と「鹿」を、「うぢ山」は「憂し」と「宇治山」をかけている。現在、宇治山は「喜撰山」、宇治茶の高級なものは「上喜撰」と呼ばれる。喜撰法師とこの歌が、多くの人々に愛されてきた証拠である。

9 小野小町は、平安前期を代表する歌人で、六歌仙、三十六歌仙にも選ばれた。絶世の美女だったといわれ、美人の代名詞にもなっている。たとえば「秋田小町」のように、地名に「小町」をつけて、その土地で評判の美人娘をあらわす。「花の色」は、「桜の花の色」と「自分の容色」のふたつの意味を持つ。「ふる」は「経る」と「降る」、「ながめ」は「眺め」と「長雨」をかけて、「長雨が降りつづく間に桜が散ってしまった」ということと、「ぼんやり物思いにふけっている間に自分も年をとってしまった」ということを同時にあらわしている。

10 「逢坂の関」とは、山城（京都府）と近江（滋賀県）の境、現在の大津市に置かれた関所で、都へ上る、あるいは都から下る人びとが行き交う、交通の要所であった。「これやこの」は、これがあの（噂に聞く）という意味。蝉丸は、盲目の琵琶の名手といわれ、後に世阿弥の謡曲や近松門左衛門の人形浄瑠璃にも登場する、伝説的な人物である。萩原朔太郎は、この歌について、「東西の旅客が右往左往して忙だしげに行き交ふ様子が浮かんで来る。その表象効果は勿論韻律に存する」と書いている。

11 本名は小野篁（おののたかむら）という。遣唐使として唐に出発するにあたり、乗る船のことをめぐってもめごとが起こり、病気と称して乗船を拒否した。そのうえ、遣唐使を風刺する詩をつくったため、嵯峨上皇の怒りをかい、隠岐に流罪となってしまう。この歌は、隠岐に向けて船出した際に詠んだもの。「わたの原」は、はてしなく広がる海原。「八十島」は、たくさんの島々。「人には告げよ」の「人」は、京都にいる知り合い、あるいは恋人。擬人法を使って、「海人の釣舟」に呼びかけている。篁は二年で刑を終え、都に戻った。和歌のみならず、漢文や書にも優れた人物だったという。

12 『古今集』の詞書には、「五節の舞姫を見てよめる」とある。五節の舞とは、天武天皇が吉野に行かれたときに、天女が空から舞い降り、天皇が弾く和琴にあわせて、五度袖をひるがえし舞ったという伝説が起源。五穀豊穣を祝う宮中の儀式の宴で舞われ、その舞姫には公卿や国司の家から美しい少女が召されたという。「天つ風」は空を吹く風。「雲のかよひ路」は、伝説で天女が通るとされている地上と天上を結ぶ道。僧正遍昭は桓武天皇の孫で、俗名を良岑宗貞（よしみねのむねさだ）という。六歌仙、三十六歌仙のひとりで、小野小町とも交際があった。

13 光孝天皇の娘、綏子（すいし）内親王に宛てた、狂おしいまでの恋の歌である。男体山と女体山からなる筑波山は、古代には、男女が求愛の歌を交わし、相手を見つけるという「歌垣」の舞台であった。その筑波山の頂に源流をもつ「みなの川」は、「男女川」とも書かれる。陽成院は第五十七代天皇で、わずか九歳で即位したが、素行が荒く事件をおこして、十七歳で退位。父は清和天皇、母は在原業平との恋愛でも有名な藤原高子である。ちなみに、この歌を贈られた綏子は、後に陽成院の妃となった。

14 「もぢずり」とは、岩や石に忍草などをこすりつけ、布にその色を移した染物のこと。独特の乱れ模様が特徴で、「しのぶ」は、産地である陸奥の信夫郡（現在の福島県）の信夫とも、忍草のことだともいわれている。この歌は、「しのぶもぢずり」の乱れ模様と、恋に乱れる心を重ねて詠んだもので、「しのぶ恋」という意味もこめられている。河原左大臣こと源融（みなもとのとおる）は、嵯峨天皇の皇子。六条河原の豪奢な院に住み、風雅な生活を送ったことから、河原左大臣と呼ばれた。『源氏物語』の主人公、光源氏の実在のモデルのひとりだったという説もある。

15 光孝天皇は、**13**の陽成院の後に、五十五歳で即位した。『古今集』の詞書には、彼がまだ皇子だったとき、ある人に若菜を贈る際に詠んだ御歌とある。「若菜」とは、セリ、ナズナなどが新春に伸ばす新芽のこと。粥にして食べると、病気にならないといわれる。正月七草の若菜を捧げた「君」とは誰なのか。女なのか、男なのかもあきらかではないが、宮中では女性の役割であったといわれる若菜摘みを皇子みずからしたことになっているので、とても大切な相手であったことにまちがいはないであろう。「わが衣手に雪は降りつつ」は、（若菜を摘む）私の袖にひらひらと雪が舞い降りている。

16 中納言行平とは、在原行平のこと。平城天皇の皇子である阿保親王の息子で、在原業平の異母兄にあたる。この歌は、国司の任務のため、都から因幡国（現在の鳥取県）へ旅立つ送別の宴で詠まれたものといわれている。「まつとし聞かば」の「まつ」は、「松」と「待つ」の掛詞で、待っていると聞いたならば、今すぐにでも帰ってこよう。これは別れを惜しむ歌であるが、いなくなった飼い猫が戻ってくるようにと願う、おまじないの歌としても有名である。内田百閒は、行方知れずになった愛猫のノラを探すために出した朝日新聞の折り込み広告に、みずから毛筆で書いたこの歌を載せた。また、大島弓子の『綿の国星』にも、このおまじないが登場する。

17 この歌は、実際の景色を見て詠んだものではなく、屏風に描かれた大和絵を題にしてつくられたといわれている。屏風の持ち主は清和天皇の女御、二条の后。すなわち、かって

から紅に　水くくるとは
古今集

18 藤原敏行朝臣
生年不明 -907 頃
すみの江の　岸による波　よるさへや
夢の通ひ路　人目よくらむ
古今集

19 伊勢
872 頃 -938 頃
なにはがた　短き葦の　ふしの間も
逢はでこの世を　過ぐしてよとや
新古今集

20 元良親王
890-943
わびぬれば　今はたおなじ　難波なる
みをつくしても　逢はむとぞ思ふ
後撰集

21 素性法師
生没年不明
いまこむと　いひしばかりに　長月の
有明の月を　待ち出でつるかな
古今集

22 文屋康秀
生没年不明
ふくからに　秋の草木の　しをるれば
むべ山風を　嵐といふらむ
古今集

23 大江千里
生没年不明
つき見れば　千々にものこそ　悲しけれ
わが身ひとつの　秋にはあらねど
古今集

24 菅家
845-903
このたびは　幣もとりあへず　手向山
紅葉の錦　神のまにまに
古今集

25 三条右大臣
873-932
なにし負はば　逢坂山の　さねかづら
人に知られで　来るよしもがな
後撰集

26 貞信公
880-949
をぐらやま　峯のもみぢ葉　心あらば
今ひとたびの　みゆき待たなむ
拾遺集

27 中納言兼輔
877-933
みかの原　わきて流るる　泉川
いつ見きとてか　恋しかるらむ
新古今集

28 源宗于朝臣
生年不明 -939
やまざとは　冬ぞ寂しさ　まさりける
人目も草も　かれぬと思へば
古今集

29 凡河内躬恒
生没年不明
こころあてに　折らばや折らむ　初霜の
置きまどはせる　白菊の花
古今集

30 壬生忠岑
生没年不明
ありあけの　つれなく見えし　別れより
暁ばかり　憂きものはなし
古今集

31 坂上是則
生没年不明
あさぼらけ　ありあけの月と　見るまでに
吉野の里に　降れる白雪
古今集

32 春道列樹
生年不明 -920
やまがはに　風のかけたる　しがらみは
流れもあへぬ　紅葉なりけり
古今集

33 紀友則
生没年不明
ひさかたの　光のどけき　春の日に
静心なく　花の散るらむ
古今集

34 藤原興風
生没年不明
たれをかも　知る人にせむ　高砂の
松も昔の　友ならなくに
古今集

1 天智天皇
626-671
あきの田の　かりほの庵の　苫をあらみ
わが衣手は　露にぬれつつ
後撰集

2 持統天皇
645-702
はるすぎて　夏来にけらし　白妙の
衣干すてふ　天の香具山
新古今集

3 柿本人麿
生没年不明
あしひきの　山鳥の尾の　しだり尾の
ながながし夜を　ひとりかも寝む
拾遺集

4 山部赤人
生没年不明
たごの浦に　うち出でて見れば　白妙の
富士の高嶺に　雪は降りつつ
新古今集

5 猿丸大夫
生没年不明
おくやまに　紅葉踏み分け　鳴く鹿の
声聞く時ぞ　秋は悲しき
古今集

6 中納言家持
718頃-785
かささぎの　渡せる橋に　置く霜の
白きを見れば　夜ぞ更けにける
新古今集

7 阿倍仲麿
698-770
あまの原　ふりさけ見れば　春日なる
三笠の山に　出でし月かも
古今集

8 喜撰法師
生没年不明
わがいほは　都の辰巳　しかぞ住む
世をうぢ山と　人はいふなり
古今集

9 小野小町
生没年不明
はなの色は　移りにけりな　いたづらに
わが身世にふる　ながめせしまに
古今集

10 蝉丸
生没年不明
これやこの　行くも帰るも　別れては
知るも知らぬも　逢坂の関
後撰集

11 参議篁
802-852
わたのはら やそしまかけて　漕ぎ出でぬと
人には告げよ　海人の釣舟
古今集

12 僧正遍昭
816-890
あまつ風　雲のかよひ路　吹き閉ぢよ
乙女の姿　しばしとどめむ
古今集

13 陽成院
868-949
つくばねの　峯より落つる　みなの川
恋ぞ積もりて　淵となりぬる
後撰集

14 河原左大臣
822-895
みちのくの　しのぶもぢずり　誰ゆゑに
乱れそめにし　われならなくに
古今集

15 光孝天皇
830-887
きみがため はるの野に出でて　若菜摘む
わが衣手に　雪は降りつつ
古今集

16 中納言行平
818-893
たち別れ　いなばの山の　峯に生ふる
まつとし聞かば　今帰り来む
古今集

17 在原業平朝臣
825-880
ちはやぶる　神代も聞かず　龍田川

絵　清川あさみ

淡路島生まれ。2003年より写真に刺繍を施す手法を用いた作品制作を開始。2011年、水戸芸術館にて個展開催の最年少記録。2012年、東京の表参道ヒルズにて「美女採集」展を開催し最多動員数を記録、展覧会を全国で多数開催。代表作に「美女採集」や「Complex」シリーズ、「わたしたちのおはなし」「1：1」など。著書も多く、絵本『幸せな王子』（オスカー・ワイルド原作、金原瑞人訳）、『銀河鉄道の夜』（宮沢賢治作）などロングセラー。谷川俊太郎氏との共作絵本『かみさまはいる　いない？』は2年に1度のコングレス（児童書の世界大会）の日本代表に。2016年にはNHK朝の連続テレビ小説「べっぴんさん」のオープニング映像、ポスターを手掛けた。2017年重陽の芸術祭にて、詩集『智恵子抄』（高村光太郎著）で知られる高村智恵子の生家にて作品を展示。

訳　最果タヒ

神戸市生まれ。2004年よりインターネット上で詩作をはじめ、翌年より「現代詩手帖」の新人作品欄に投稿をはじめる。2006年、現代詩手帖賞を受賞。2007年、詩集『グッドモーニング』を刊行、中原中也賞受賞、2012年に詩集『空が分裂する』。2014年、詩集『死んでしまう系のぼくらに』刊行以降、詩の新しいムーブメントを席巻、同作で現代詩花椿賞受賞。2016年の詩集『夜空はいつでも最高密度の青色だ』は2017年に映画化され（『映画　夜空はいつでも最高密度の青色だ』石井裕也監督）、話題を呼んだ。最新詩集は2017年『愛の縫い目はここ』。小説家としても活躍し、『星か獣になる季節』『少女ABCDEFGHIJKLMN』『十代に共感する奴はみんな嘘つき』など。対談集に『ことばの恐竜』、エッセイ集に『きみの言い訳は最高の芸術』『もぐ∞』。

千 年 後 の 百 人 一 首

2017年12月1日　初版第1刷発行
2017年12月24日　第2刷発行

著　者　清川あさみ＋最果タヒ

ブックデザイン　祖父江 慎＋藤井 瑶（cozfish）
原画撮影　朴 玉順（CUBE）
解　説　網倉俊旨

発行者　孫 家邦
発行所　株式会社リトルモア
151-0051 東京都渋谷区千駄ヶ谷3-56-6
tel. 03-3401-1042　fax. 03-3401-1052
info@littlemore.co.jp
http://www.littlemore.co.jp

印刷・製本　株式会社廣済堂
プリンティングディレクション　中村和久

JASRAC 出 1712856-701
ISBN 978-4-89815-470-0 C0092